당신께

당신께

갈 곳 없는 마음의 편지

1판 1쇄 인쇄 2023. 2. 20.
1판 1쇄 발행 2023. 2. 28.

저자 오지은

발행인 고세규
편집 강지혜 디자인 이경희 마케팅 김새로미 홍보 반재서
발행처 김영사
등록 1979년 5월 17일(제406-2003-036호)
주소 경기도 파주시 문발로 197(문발동) 우편번호 10881
전화 마케팅부 031)955-3100, 편집부 031)955-3200 | 팩스 031)955-3111

값은 뒤표지에 있습니다.
ISBN 978-89-349-6601-2 03810

홈페이지 www.gimmyoung.com 블로그 blog.naver.com/gybook
인스타그램 instagram.com/gimmyoung 이메일 bestbook@gimmyoung.com

좋은 독자가 좋은 책을 만듭니다.
김영사는 독자 여러분의 의견에 항상 귀 기울이고 있습니다.

당신께

오지은
올림

김영사

당신을 상상해봅니다.

당신은 책을 읽고
음악을 듣고
모르는 골목길을 걷기 좋아하고
의미 없는 사진을 종종 찍지만
남에게 잘 보여주지는 않고

친한 사람 앞에서는
고개를 젖히며 웃기도 하지만
평소엔 조용한,

어쩌면 어른스러운 사람.
그래서 일찍 내려놓은 것도 있고
몰래 품고 있는 것도 있는 사람.
그런 비밀스러운 구석이 있는 사람일까요.

그런 당신이라면

당신께라면

괜찮을 것 같다는 생각이 들어

저는 오늘부터

당신께 편지를 쓸까 합니다.

가끔 열어주세요.

당신이 잠시 멈추는 시간에

제 들쑥날쑥한 마음을 읽어주세요.

고맙습니다.

답장은 괜찮습니다.

까만 새벽

오지은 올림

차 례

떠나는 시간의 편지들

돌아오는 시간의 편지들

그리고 여러 통의 편지들

2016년과 2017년.
두 해 동안 당신께 적은 편지

떠나는 시간의 편지들

첫 번째 편지

첫 번째 편지입니다. 왜인지 당신께 드리고 싶은 이야기가 많이 생긴 늦여름입니다.

건강 해치지 않고 잘 지내고 계시는지요. 저는 방에만 있습니다. 에어컨이 거기에 있기 때문입니다. 공교롭게도 그 방의 한가운데에 침대가 있어서 아무래도 그 위에 누워 있게 되는데, 그렇다면 제 소견으로는 핸드폰밖에 만질 것이 없어 온종일 들여다보고 있습니다. 보고 있으면 참 걱정할 것도 많고 혀를 찰 것도 많습니다. 몸을 이리 뒤집고 저리 뒤집다가 남은 힘은 전부 에어컨 온도를 조절하는 데 사용합니다. 계속 틀어두면 춥고, 끄면 바로 더워지기에 섬세하게 조작해야 합니다. 그나저나 이 와중에 누진세라니, 동포끼리 너무합니다.

전부 더위 때문이라고 하고 싶습니다. 가만히 누워서 눈알만 굴리는 저도, 세상만사에 대해 걱정하는 척 한 치의 쓸모도 없는 제 머릿속도, 속절없이 흘러가는 시간도.

어느 여름밤, 아침이 오기 직전 가장 어두운 시간이었습니다. 여전히 날은 덥고 저는 멈춰 있는 듯한 기분을 강하게 느꼈습니다. 몇 주간 저를 괴롭히던 마음이 벽이 되어 나타났습니다. 저는 코와 팔을 대고 밀어보았지만, 손바닥과 얼굴에 상처가 날 뿐이었습니다. 순간 벽 따위 집어치우고 어딘가로 떠나고 싶어졌습니다. 이제는 압니다. 여행은 마법이 아니라는 것을요. 하지만 인간은 어리석고 같은 실수를 되풀이한다고 하지요. 어릴 때는 모르고 어리석었다면 지금은 알고 어리석습니다. 아, 별수 없을 텐데, 하면서 그 별수 없는 짓이 하고 싶어집니다. 저는 사람이 작게 느껴질 정도로 커다랗고 하얀 공간에서 현대미술 작품을 보면 그 벽을 무너트릴 힘을 얻을 수 있을 것 같다는 생각에 빠지고 말았습니다. 해가 뜰 무렵 저는 이미 베를린행 비행기 표의 예약 버튼을 누른 상태였습니다.

무를 수 없도록 숙소 예약도 마쳐버렸습니다. 공동욕실을 쓰는 게스트하우스의 개인 방으로 마음을 정했습니다. 방은 혼자 쓰고 싶지만 주머니는 여유롭지 못한 사람의 꾀입니다. 출발은 몇 주 뒤지만 이미 짐 리스트도 만들었습니다. 꼼꼼하게 작성해두면 출발 당일의 패닉을 막을 수 있으니까요. 그보다 짐을 미리 꼼꼼하게 싸두면 될 일이긴 한데……

노트북, 충전기, 수첩, 펜, 이어폰, 여권, 지갑, 핸드폰, 립밤, 핸드크림, 알코올 스왑……

이상하게도 매번 적습니다. 노트북, 충전기, 수첩, 펜, 이어폰으로 시작하는 거의 똑같은 리스트를 말입니다. 여권, 지갑, 핸드폰은 문 앞에서 항상 외우는 주문입니다. 그 세 개만 있으면 일단 지구에서는 어떻게든 해나갈 수 있을 것 같아서요.

전설의 로커 패티 스미스도 같은 버릇을 갖고 있다는 것을 책 《M 트레인》을 보고 알았습니다. 그 책을 보면, 충동을 느껴 도쿄로 떠나기로 마음을 먹자마자 짐 리스트를 작성하는 부분이 나옵니다. 몽상하기를 좋아하는 이쪽 종자들의 공통점일까, 하고 혼자 기뻤습니다. 이런 대단한 사람도 그런다고 생각하면 제 흠결을 조금 용서받은 듯한 기분이 듭니다. 어쩌면 흠결이 아닌 걸까? 하고 너그럽게 생각해보기도 합니다.

그 책에는 좋은 부분이 많았지만 그중에서도 가장 인상적인 에피소드는 이것이었습니다. 런던에서 경유를 하던 패티 스미스는 비행기가 연착되었다는 소식을 듣고 잠시 고민하다가 짐을 찾아서 시내로 가는 기차를 탑니다. 그리고 작은 호텔에 방을 잡고 하루종일 범죄수사 드라마를 봅니다. 관광은 전혀 하지 않고요. 이유는 명료합니다. 그 드라마를 가장 재미있게 볼 장소가 런던의 그 호텔방이라서 그렇게 했다고. 그리고 충만한 마음으로 집으로 돌아옵니다. 저라면 아까워했을 텐데요. 그래도 런던인데, 그래도, 하면서.

좋아하는 것, 싫어하는 것을 꼽기 쉬웠던 시간이 있었습니다. 지금은 커피를 아이스로 시켜야 할지 뜨거운 것으로 시켜야 할지도 잘 모르겠습니다. '글쎄'와 '그러게'의 세계에서 살고 있습니다. 언제나 만나게 되는 글쎄, 그리고 이어지는 회색의 그러게.

저는 이제 쉽지 않다고 생각합니다. 무언가를 뜨겁게 사랑하는 것과 무언가를 원하는 마음을 갖는 것. 그리고 언제 어디서 그 마음이 커지는지 아는 것 전부 말이죠. 그래서 패티 스미스가 런던의 작은 호텔방에서 보낸 시간이 멋지다고 생각했습니다. 특히 밀도와 방향성이 그러했습니다. 그렇게 스스로를 잘 알게 되기까지, 자신을 둘러싼 세상을 제대로 보기까지 얼마나 깊이 내려갔을까요. 아마도 큰 용기와 에너지, 끈기가 필요했겠지요. 저는 제대로 내려가보지도 않았으면서 도중에 만나게 될 흙먼지와 돌덩이가 벌써 무섭습니다.

그렇습니다. 이 감정은 결국 두려움입니다. 넌 베를린에서 아무것도 느끼지 못할지도 몰라. 그런데 돈과 시간을 이렇게 들이면 뭐라도 느끼고 와야 하는 것 아닐까. 그나저나 충동적이고 어리석은 삶에 대해 어떻게 생각하니? 여행의 기대감으로 불안을 덮어보려고 해도 가장 안쪽의 마음이 이렇게 말합니다.

패티 스미스는 70대에도 여름의 마음으로 살고 있는 사람입니다. 저는 응달의 고사리 같은 사람이라 그런 뜨거운 마음은 가지기 힘들겠지요. 그런데 최근 알게 된 것이 있습니다. 미적지근한 마음도 마음이라는 것. 차가워서 아무것도 느끼지 못하는 시간도 시간이라는 것. 흐린 눈에 보이는 뿌연 풍경도 풍경이라는 것.

그렇다면 괜찮을지도 모릅니다. 미지근하고 뿌연 마음으로 높고 휑한 천장 아래에서 누군가의 고민의 결과물을 오래오래 바라보는 것도, 그 앞에 섰지만 별다른 것이 느껴지지 않아도, 나쁠 것도 좋을 것도 없는 시간을 보내다 오는 것도 괜찮을지도 모릅니다. 왜냐하면 아찔한 기쁨이나 행운도, 미지근한 마음이나 시간도 제가 어떻게 할 수 있는 일이 아니기 때문입니다. 그럼 통장잔고에만 조금 켕기는 마음을 갖겠습니다.

부디 제 욕심이 귀한 여행을 망치지 않길 빌어주세요.

다음 편지는 베를린에서 드리겠습니다.

아름다운 것을 보며

높은 마음을 가지고 싶지만

아직은 낮은 마음으로 바둥거리고 있는

오지은 올림

비행기에서 보낸 열두 시간

당신은 알랭 드 보통을 좋아하시나요. 저는 최근에서야 그의 유명한 책 《여행의 기술》을 읽었습니다. 내 기술도 늘었으면 좋겠다, 하는 마음에서 집어보았는데 결론부터 말하면 늘지는 않은 것 같습니다. 끝까지 읽지 않아서인지도 모르겠습니다.

누군가 말했습니다. 알랭 드 보통은 하나 마나 한 말을 잘하는 사람이라고. 저는 동의하며 웃었지만 한편으로는 그것이야말로 대단한 재능이라고 생각했습니다. 이미 알고 있다고 믿던 부분이 깜빡이는 것을 보고, 그러다 사라지는 것을 보고 저는 하나 마나 한 말의 힘을 다시 생각하게 되었습니다. 깜빡이던 마음의 전구를 다시 팟, 하고 켜주는 것은 누군가의 선명한 문장입니다. 방이 환해지고 시야가 환해집니다. 그래 그런 거였어, 인생은 이런 거였지. 아마도 방은 다시 어두컴컴해지고 먼지가 쌓이고 전 역시 아무것도 모르겠다는 생각을 할 것입니다. 그럼 그때 또 문장의 힘을 빌리면 되지 않을까 싶습니다. 새로울 것 없지만 중요한 것들을 솜씨 좋게 꿰어놓은 문장 말입니다.

《여행의 기술》은 당연한 말이지만 여행에 대한 책입니다. 그는 상상 속의 여행과 실제의 여행이 왜 다른지에 대해 알미울 정도로 잘 적어두었습니다. 저는 그 부분이 항상 궁금했습니다. 왜 상상 속에서는 그토록 달콤했던 여행이 실제로는 다를까. 후회, 조바심, 자학 같은 단어들이 왜 눈치 없이 끼어들까.

그는 바베이도스 여행을 예로 듭니다. 여행 팸플릿 속의 바베이도스섬은 천국입니다. 해변, 하늘, 야자나무. 하지만 그가 실제로 바베이도스에서 경험한 시간은 상당히 다릅니다. 그는 그 이유를 예술작품에서 이루어지는 단순화와 선택이라고 말합니다. 참으로 깔끔한 정리라서 저는 무릎을 착! 쳤습니다.

저는 아마도 알랭 드 보통보다 부정적인 인간일 테니 한마디를 더 보태겠습니다. 아니, 여러 마디를요. 심지어 그렇게 다다른 곳이 천국이라는 보장도 없다는 것. 큰맘 먹고 떠난 여행지에서 우리는 맥 빠지는 경험을 얼마나 많이 해왔나요. 변수는 많습니다. 날씨, 습도, 음식, 불친절한 식당 종업원, 나의 건강 상태, 갑작스러운 나쁜 소식, 한국에서 걸려오는 업무 전화, 연인과의 관계, 여행 메이트와의 분위기, 목소리가 큰데다 자꾸 내 카메라 프레임에 들어오기까지 하는 다른 관광객, 옆 사람의 땀냄새까지. 심지어 모든 조건이 충족되어도 단순하게 '아 내 취향이 아니었네' 할 수도 있습니다. (연신 무릎을 치며) 서럽다,

서러워.

그래도 일단 가봐야 알 수 있으니까요. 싫은 일도, 좋은 일도. 하얀 현대미술관에서 제가 뭘 느낄지 모르겠지만 그곳에 다다르려면 그가 말한 '예술작품에서 이루어지는 단순화와 선택'적 시간을 겪어야 합니다. 인스타그램에는 생략되는 이야기 말입니다. 이코노미 비행기 열두 시간 타기, 긴 입국 줄 기다리기, 짐을 끌고 허겁지겁 버스정류장으로 가기, 내릴 곳을 놓칠까 봐 잔뜩 긴장하며 버스 안에서 두리번거리기, 캄캄한 밤에 숙소 찾아가기, 핸드폰으로 지도를 보는 동안 소매치기당할까 봐 걱정하기, 첫날 밤 낯선 침대에서 왠지 울적해하기, 조금 후회하기 등등.

그런 시간이 왜 단순하게 생략되는지 이해가 갑니다. 작품 또는 인스타그램에서 어떤 시간이 선택되는지도 조금 알겠습니다. 하지만 저는 예전부터 궁금하던 것이 있습니다. 생략되는 시간은 정말 가치가 없는 것일까요. 결정적이고 아름다운 장면에 다다르기 위한 여정은 과연 다다르기만을 위한 시간일까요. 퍼센트로 따지면 적어도 90퍼센트, 어쩌면 95퍼센트 이상일 텐데 이렇게 생략해버려도 되는 걸까요. 무엇보다 특별한 시간과 특별하지 않은 시간을 가르는 기준은 무엇일까요. 우리가 특별하지 않다고 하는 시간은 정말 특별하지 않은 걸까요. 무릎을 치던 손이 갈 곳을 잃습니다.

당신은 비행기의 이코노미 좌석에서 시간을 잘 보내시나요. 특히 장거리의 경우에요. 바로 잠이 드는 타입일까요. 영화를 보나요. 기내식은 좋아하시나요. 저는 왔다갔다입니다. 신났다가, 지루했다가, 잤다가, 깼다가, 이랬다가 저랬다. 좌석이 경제적인 탓에 제 몸이 윤택하지 못한 시간을 보내는 것이 일단 기본 세팅이지요. 가끔은 엔진소리가 너무 크게 들리고, 공기가 너무 건조하게 느껴지고, 승무원에게 물을 요청할 때 (세 번 이후부터) 괜히 혼자 눈치를 보기도 합니다. 하늘에서 보는 구름은 여전히 경이롭지만 솔직히 처음 봤을 때만큼은 아닙니다. 인정해야겠지요. 어쩌면 앞으로 놀랄 일은 적어지고 견딜 일은 많아질지도 모른다는 것. 그런데 이번 비행기에서 보낸 열두 시간은 조금 신기하고 조금 특별했습니다. 그 시간을 당신과 나눌까 합니다.

시작은 좋지 않았습니다. 탑승 전의 저는 여느 때처럼 불안했고, 그 불안은 탑승 후에 더 커졌습니다. 항공사 홈페이지에서 상당한 금액을 내고 미리 구매한 좌석이 아주 희한했기 때문입니다.

저는 비상구 옆자리에서 다리를 쭉 뻗고 앉아 있는 사람들이 항상 부러웠습니다. 저기는 부지런한 여행 고수들이 앉는 자리구나. 그래서 이번에 시도해봤답니다. 그런데 아뿔싸. 비행기의 구조가 예상과 달랐습니다. 의자의 위치가 묘했습니다. 비상구 좌석을 예매했지만 그 자리는 '비상구 (한 칸 띄고) 좌석'이었습니다. 복도 한가운데에 덩그러니 놓여 있는 의자라고 하면 설명이 빠를까요. 설상가상 맞은편에는 승무원의 비상의자가 있었고, 대각선에는 화장실이 있었습니다. 정면을 보면 승무원과, 허공을 보면 화장실 앞에 줄을 선 사람과 눈이 마주쳤습니다. 벌칙 같은 자리였습니다.

모임마다 한 명씩 있지 않나요. 구석진 자리를 좋아하는 친구, 3면이 막힌 곳에서 편안함을 느끼는 친구. 그게 바로 저입니다. 비상 공간 때문에 창문이 멀어 구름을 구경할 수도 없었습니다. 시차 적응을 한답시고 수면제도 챙겨오지 않았습니다. 저는 이렇게 잘난 척을 하다가 고꾸라질 때 스스로가 조금 밉습니다.

다급하게 이어폰을 꺼냈습니다. 큰맘 먹고 장만한 고가의 이어폰입니다. 노이즈 캔슬링 기능(이 편지를 쓴 시점에는 아직 에어팟 프로가 지구에 없었답니다)을 쓰면 비행기의 쿠우우우- 하는 소음이 사라진다고 하길래 켜보았더니 정말 팟- 하고 소음의 90퍼센트가 사라지는 것이었습니다. 드뷔시의 프렐류드 앨범을 재생했습니다. 미켈란젤리의 예민하고 아름다운 피아노 소리가 흘러나왔습니다. 다른 세계로 이동한 저는 갑자기 노트북을 꺼내 편지를 쓰기 시작했습니다. 파일 제목은 '당신께'라고 붙였습니다. 왠지 모를 흐름으로요.

이어폰은 소음의 90퍼센트를 커트해주었고, 제게 들리는 건 아름다운 피아노 소리입니다. 기가 막힌 노이즈 캔슬링 기능에 감탄하면서도 저는 계속 바깥의 잡스러운 것들을 힐끔거립니다. 승무원의 권태로운 표정, 화장실 앞에 삐딱하게 서 있는 사람의 등, 돌처럼 딱딱한 기내식 빵, 평소에는 절대 먹지 않겠지만 지금은 감미롭게 목구멍을 넘어가는 커피. 역시 저는 생략된 시간, 선택받지 못하는 마음에 눈이 갑니다. 잡스러운 것과 의미 있는 것, 의미 없는 것과 경계를 알 수 없는 것, 그 전부를 적어 당신과 나누고 싶습니다. 어쩌면 긴 시간 동안 그런 편지를 쓸지도 모르겠다고 생각했습니다. 생략되는 시간에 대한 편지들. 갈 곳 없는 마음에 대한 편지들.

기분이 좋아진 저는 갑자기 뭔가 읽고 싶어져서 핸드폰에 다운받아 둔 전자책을 열었습니다. 제 스마트폰 습관

중 유일하게 좋은 버릇 같습니다(그래봐야 언젠가 굿즈가 갖고 싶어 다급하게 샀던 책 중 한 권이지만요). 잘 알아보지 않고 산 책 《지적 생활의 즐거움》은 P.G. 해머튼이라는 영국 신사가 19세기에 쓴 책인데 21세기에 사는 제 마음을 푹푹 찔렀습니다. 당신도 찔릴지 모릅니다. 왜냐면 목차가,

지나치게 일하는 젊은 작가에게, 건강이 좋지 않은 지식인에게, 운동을 게을리하는 친구에게, 훈련보다 재능에 더 비중을 두는 작가에게.

이런 식이기 때문입니다. 캬.

19세기에도 요령 없고 입만 산 한심한 젊은 작가들이 많았나 보죠. 해머튼 씨는 그들에게 구구절절 옳은 말로 채찍질을 했고, 저도 덩달아 많이 맞았습니다. 무라카미 하루키 씨도 김연수 씨도 글을 잘 쓰려면 운동을 열심히 하고 성실하게 살라고 하시더니 어느 시대에나 마찬가지인

가 봅니다. 저는 갑자기 목이 타서 승무원 휴게실 쪽에 가서 연신 물을 들이켰습니다. 물을 마시고, 읽고, 얻어맞고, 또 물을 마시고, 줄이 짧으면 화장실도 가고, 손을 씻고, 물을 마시고, 읽고, 얻어맞고. 비행기에서 이렇게 충실한 시간을 보낸 것은 어쩌면 처음인지도 모릅니다. 피도 잘 돌지 않는다는 이코노미 좌석에서 심장이 참으로 열심히 일을 했네요.

이쯤 되면 당신은 '근데 영화 안 봐요?' 하고 물을지도 모르겠습니다. 맞습니다. 좋은 질문입니다. 사실 모니터를 세우는 법을 파악하지 못한 채 일곱 시간이 흘렀습니다. 아무리 힘을 줘도 모니터는 위로 올라오지 않았고 이미 유유히 모니터를 세우고 영화를 보는 옆자리 아저씨에게 묻기는 싫었습니다. 왜냐하면 그는 자리에 앉자마자 신발을 벗고 다리를 격하게 떨기 시작했기 때문입니다. 저는 그를 적대하기로 마음먹었지만 알랭 드 보통의 시간도, 당신께라는 제목을 떠올린 역사적 순간도 지나갔고, 신사 해머튼의 설교도 끝났고, 제 성실함은 바닥을 보였습니다. 그렇습니다. 이 모든 유익함은 반강제적이었습니다. 대뇌도 이제 피를 그만 보내라고 합니다. 영화가 보고 싶습니다. 결국 저는 그에게 모니터 세우는 법을 물었습니다. 그는 친절하게 답해주었습니다. "저 버튼을 눌러야 이게 올라와요." 아, 저 사람도 누군가의 자상한 아버지겠지. 갑자기 서사가 생깁니다. 힘든 출장길이겠지. 그가 다리를 좀 떨었다고 나는 왜 그랬을까.

비행기의 영화 리스트 중 앨런 릭먼이 죽기 전 마지막으로 감독한 영화가 있었습니다. 〈블루밍 러브〉. 원제는 〈어리틀 카오스A Little Chaos〉입니다. 원제와 번역의 느낌이 꽤 다르지요. 케이트 윈즐릿이 베르사유 궁전의 정원 설계 담당자로 나옵니다. 사랑도 있고 트라우마도 있고 시대상도 있고 직업정신도 있고 그렇습니다. 각본도 직접 쓴 앨런 릭먼은 영화에서 루이 14세 역할로 등장합니다. 모두에게 존경받는 위엄 있는 태양왕. 고급 비단옷을 입고 귀족들을 몰고 다닙니다. 그의 말은 절대적입니다. 그런 사람으로 살아가려면 아마도 힘이 많이 들겠지요. 영화에서 가장 인상적이었던 장면은 조용한 과수원에 앉아 모두를 물러가게 한 후 가발을 벗고 가만히 나무를 바라보던 왕의 모습이었습니다. 가발을 벗은 그는 초상화 속, 세상을 호령하는 루이 14세의 모습이 아닙니다. '이게 진짜고 그건 가짜다'라고 할 수는 없을 것입니다. 이것도 인생, 저것도 인생일 테니까요. 그때 우연히 케이트 윈즐릿이 과수원을 방문하고, 그는 왕을 과수원 주인이라 생각하고 편하게 말을 걸었고, 그 덕에 둘은 우정을 쌓게 되고…… 이렇게 훈훈하게 흘러갑니다만, 다행히 둘이 사랑에 빠지진 않습니다.

영화가 어떻게 흘러가는지는 말하지 않겠습니다. 하지만 마지막 장면에 대해 당신과 이야기하고 싶습니다. 정원은 완성됩니다. 앨런 릭먼은 정원 한가운데에 섭니다. 그는 늙었습니다. 권력은 질 것입니다. 하지만 지금은 가장 높은 순간, 아름다움의 정점에 서 있습니다. 그런 그를 둘러싸고 사람들이 조용히 춤을 춥니다. 둥글게, 완벽한 균형으로. 곧 깨지겠지만요. 우리는 역사를 알고 있습니다. 혁명이 일어나고 누군가는 단두대에 끌려갑니다. 하지만 지금은 둥글게, 완벽하게. 조용하게. 아름답게.

배터리가 다 되어 이어폰의 노이즈 캔슬링 기능도 끝이 났습니다. 비행기는 하강을 합니다. 머릿속이 부글부글합니다. 케이트 윈즐릿의 날카로운 눈빛과 예민한 입매, 베르사유 정원의 조용하고 완벽한 춤, 작은 카오스, 드뷔시, 지적인 생활과 한심한 생활, 삭제되는 것과 남겨지는 것, 흘려보낼 것과 붙잡을 것, 버려지는 것과 버리고 싶은 것, 하지만 버려서는 안 될 것, 얕은 생각이 흩어집니다. 저는 왠지 이런 자신이 조금 싫어졌습니다. 어지러운 여행의 시작입니다.

머릿속 미로를 숨기지 않고 꺼내는 것은 미숙함의 증거일까요. 그에 대해 자주 의심합니다. 하지만 미로를 빠져나온 사람만이 무언가를 쓸 자격이 있는 것일까에 대해 생각하면 역시 잘 모르겠습니다. 저는 헤매이는 사람이 좋습니다. 다다른 사람은 존경스럽지만 역시 헤매이는 사람을 만나면 반갑습니다.

잘 정돈된 정원을 보여주고 싶다고 생각하다가도 그런 것은 죽기 전까지 갖지 못할지도 모른다는 생각이 듭니다. 제 정원은 비록 이렇게 엉망이지만 너그러운 당신은 풀잎과 꽃을 발견해주실 건가요.

도착도 전에
이미 편지를 두 통이나 써버린
오지은 올림

베를린에서의 시간

베를린의 시간도 벌써 반이 지났습니다. 날씨가 좋은 금요일. 사람들은 활기에 차 있습니다. 저는 숙소 근처의 카페 푸르라는 곳에 왔습니다. 작고 터프한 곳입니다. 커피값도 저렴하고 아주 맛있습니다. 지난번에는 눈웃음이 예쁜 여성이 커피를 내려주었는데, 오늘은 눈빛이 쨍한 아저씨가 주문을 받았습니다. 저 자신만만함, 이곳의 주인인 것 같았습니다. '네가 원하는 커피를 말해봐'라는 듯 이글이글 저를 바라보는데 그 포스가 너무 강하고 어딘가 따뜻해서 저는 그만 "아…… 저 설거지할까요?" 하고 말할 뻔했습니다.

정말 이상하지요. 더 쎈 동물을 만났을 때의 복종 심리 같은 것일까요. (다행히 '카푸치노 한 잔이요'라고 말했습니다만) 좌우지간 지금 내 눈앞에 쌓여 있는 이 가게의 에스프레소잔, 커피잔, 잔에 묻은 얼룩을 말끔히 씻고 싶다는 생각이 들었습니다. 어쩌면 지금 이 가게의 단단하고 작은 질서에 속하고 싶은 마음이었을지도 몰라요. 에스프레소가 추출되는 20초가량의 시간 동안 진지하게 고민해보았지만 역시 아닌 것 같아 얌전히 커피를 받아들고 자리로 돌아왔습니다.

커피를 마시며 사노 요코의 《죽는 게 뭐라고》를 읽었습니다. 사노 요코가 호스피스 병원에서 보낸 2주간의 글은 너무 투명하고 진해서 책을 덮고 저는 난처하다는 생각이

들 정도였습니다. 어떡해. 어떡해.

갑자기 고백을 하자면, 에세이를 쓰면서 가끔은 '내가 지금 진짜 의미를 알고 말하고 있는건가?' 의심이 들 때가 있습니다.

옛날 얘기를 하나 해도 될까요. 저는 예전에 일본 북쪽의 삿포로라는 도시에 살았던 적이 있는데요, 눈이 많이 내리기로 유명한 곳입니다. 아르바이트를 하고 돌아가는데 그날따라 바람이 세게 불었습니다. 눈도 평소보다 많이 내리고 있었고요. 정신없이 걷다보니 도로 한가운데에 있었습니다. 설국 사람들은 이런 상황에 익숙한지 길 위에는 이미 아무도 없었습니다. 사람도 차도. 눈은 순식간에 무릎까지 쌓여 도로와 인도를 구분할 수 없었고 강한 바람에 눈도 제대로 뜰 수 없었습니다. 무엇보다 방향을 잡을 수가 없었습니다. 처음 경험해보는 진짜 눈보라에 혼이 쏙 빠지는 기분이었습니다.

사노 요코 같은 사람의 글을 보면 제가 쓰고 있는 글이

싸락눈을 잠시 경험해보고 눈보라에 대해 논하는 것은 아닌지 두려워집니다.

베를린은 역시 재미있는 도시였습니다. 거리에 가득한 그라피티, 벽보가 몇백 번 붙었다 떨어진 지저분한 벽, 그 자체가 증거처럼 느껴졌습니다. 오랜 시간 동안 이런 기운도 품고, 또 저런 기운도 품었다 통과시킨 도시의 대범한 기운이 느껴졌습니다. 그 벽 앞을 동네 아주머니가 장바구니를 들고 유유히 걸어갑니다.

그런 와중에 절 사로잡은 또 하나의 포인트는 음식값이었습니다. 커피값과 밥값이 다른 유럽 대도시에 비해 확실히 저렴합니다. 그러니 입맛은 까다롭고 돈은 없는 예술가들이 여기를 얼마나 좋아했을까요. 진짜 힙스터는 진작에 베를린을 떠났어, 언젠가 누군가 말했습니다. 만약 그렇다면 더욱 좋다고 생각했습니다. 무언가 지나가고 난 후에

남는 정서가 있잖아요. 제 눈에 비친 베를린은 헐렁하고 너그러운 도시였습니다. 신호등 디자인도 귀엽고요.

사고 싶은 그릇이 있어 시내에 나갔습니다. 이제는 이런 이유로 시내에 나갑니다. 쿨한 이벤트나 힙한 전시를 보기 위해서가 아닌 두껍고 좋은 그릇을 사기 위해서…… 원하던 그릇을 사고 빈둥빈둥 시내 구경을 하는데 갑자기 눈앞에 야외무대가 보였습니다. 도심 한복판에서 열리는 음악 페스티벌이었습니다. 쿵쾅쿵쾅 음악이 들리고, 음악과 하나가 된 사람들의 춤사위를 보자 '어, 다 던지고 뛰어들어야 하나?' 하는 생각이 잠시 들었습니다. (인디병이 이렇게 무섭습니다) 하지만 바로 정신을 차렸습니다. 소중한 그릇을 손에 들고 지금 무슨 불경한 생각을 한 거야.

목이 말라 카페에 들어갔습니다. 손님은 없었습니다. 그야 그렇겠지요. 대화도 사색도 불가능한 데시벨이었으니까요. 하지만 카페 화장실의 줄은 어마어마하게 길었습니다. 오늘 이 카페는 공공기관인가 봅니다. 점원은 어이가 없다는 표정으로 허공을 보고 있었습니다. 매출은 제로인데 화장실 휴지는 산더미. 주문을 하며 "오늘 페스티벌이 열리나 봐요?" 하고 넌지시 물어보니 대뜸 "저런 테크노 멍청이들은 최악이에요!" 하고 말합니다. 그도 그럴 것이,

두루루루루루루 파

두루루루루루루 파

광광광 광광광광,

하고 드릴로 땅을 파는 듯한 소리를 본의 아니게 하루종일 들어야 할 테니까요. 덤으로 화장실도 계속 치워야 하고.

커피를 받고 창밖으로 고개를 돌리니 상반신을 탈의하고 춤을 추며 행복한 시간을 보내고 있는 사람들이 보였습니다. 그들에게 이 드릴 소리는 신나는 댄스 뮤직이겠지요. 지금을 인생 최고의 순간으로 두고두고 회고할지도 모릅니다. '나 그때 베를린에서 너무 행복했어!' 동시에 점원은 이럴지도 모릅니다. '그날이 인생 최악의 아르바이트 날이었어' 나의 천국이 동시에 너의 지옥이 될 수 있다니. 그런 와중에 앰뷸런스가 왔습니다. 한 여성이 실려 갔고

친구들은 얼이 빠진 표정입니다. 어려 보이는 경찰은 심드렁하게 팔짱을 끼고 있었습니다. 멀리서 모락모락 수상한 연기가 보입니다. 그래, 베를린이구나. 남은 커피를 천천히 마시고, 그릇을 조심스럽게 들고 경찰관에게 다가갔습니다. 여기서 제일 가까운 지하철역은 어디인가요? 투명인간처럼 인파를 통과하여 숙소로 돌아왔습니다.

베를린에는 좋은 카페가 많습니다. 제가 정을 붙인 동네 카페는 '메를로'라는 곳이었습니다. 빵도 맛있고 커피도 맛있고 분위기도 좋았지만 결정적으로 까만 곱슬머리의 점원 여성이 제게 세 번이나 생글생글 웃어주었고, 게다가 나갈 때마다 좋은 주말 보내세요, 하고 말해주었기 때문입니다. 참 쉬운 인간이지요.

매일 아침 일어나서 그 카페에 갔습니다. 빵과 커피를 주문하고 노트북을 열었습니다. 글을 써보려고 노력했지만 잘되지 않았습니다. 날씨가 좋았습니다. 해가 나면 실내의 빛이 드라마틱하게 바뀌었습니다. 마치 세상의 캔버스가 바뀐 것 같았습니다. 아, 하고 밖을 내다보면 오늘의 태양빛을 나눠 받은 관목의 잎이 반짝이고 있었습니다. 노트북의 커서가 깜빡입니다. 그 안에는 반짝임이 없었습니다.

일주일이 흘렀습니다. 또 한심한 여행자가 되었습니다. 하고 싶었던 일들은 어느새 마음의 짐으로 바뀌었습니다. 실망할 것이 무서워 시작도 하지 않는 겁쟁이. 방구석에만 있는 게으름뱅이. 이럴 땐 맛집이 좋을까 싶어 유명하다는 동네 식당에 갔습니다. 가게는 작고 시끄러웠고 저를 제외한 모두가 시끌벅적한 친구들과 함께였습니다. 주문을 하는데 음악 소리가 커서 그런지 제 말이 잘 안 들린다며 직원이 인상을 씁니다. 제 마음속 개복치가 사망했습니다. 음식을 들고 구석자리에 앉았습니다. 제 키에는 너무 높은 의자에 걸터앉아 한 입을 떴습니다. 머리로는 맛있다고 생각하지만 신이 나지 않았습니다. 아마 친구들과 왔다면 세상 최고의 식당이라며 흥분했을지도 모르겠습니다. 겨우겨우 먹고 남은 감자를 포장해왔지만 왠지 숙소 바닥에 내려놓고 열어보지 않았습니다.

하강하는 시간이 지나가면 상승하는 시간이 옵니다. 늦을지 몰라도 분명히 옵니다. 어느 맑던 일요일, 운하를 따라 걸어보기로 했습니다. 볕이 잘 드는 잔디밭 군데군데 사람들이 제각각 편한 자세로 누워 운하를 바라보고 있었습니다. 물은 참 신기하죠. 왜 보고만 있어도 좋을까요. 누군가 엘피를 손에 들고 지나갑니다. 방금 벼룩시장에서 건진 걸까요? 다리 밑 그늘진 곳에서 연인들이 키스를 하고 있었습니다. 한 여성과 한 강아지가 공 던지기 놀이를 합니다. 투수는 무성의하게 공을 휙 던지는데, 유격수 강아지는 공이 어디로 튀든 완벽하게 잡아오네요. 강아지의 눈이 이렇게 말하는 것 같습니다. 난 지금 삶에서 가장 중요한 일을 하고 있어! 예전에 남의 일상에서 얻는 위안이 뭔지 모르겠다고 쓴 적이 있습니다. 아마도 이게 그 위안이겠지요.

어쩌면 당신은 '이 사람 대체 뭘까' 싶으실까요. 천장이 높은 미술관에 가고 싶네 어쩌네 해놓고 비행기에서 그렇게 흥분해놓고 막상 도착해서는 뭘 하고 앉아 있는 거야. 맞습니다. 저도 자주 생각하는 주제입니다. 여행도 막바지, 더이상은 댈 핑계가 없네요. 지도를 보며 어느 미술관부터 들르면 좋을지 동선을 짰습니다. 도이치방크 쿤스트할레부터 시작하기로 합니다.

현대미술을 보면 기분이 좋아집니다. 제대로 이해하고 있는지는 모르겠습니다. (근데 애당초 '제대로'라는 개념이 있는지도 잘 모르겠습니다) 문득 '현대미술이 보고 싶다'는 생각이 들 때는 '누군가가 열심히 생각한 증거물'을 가까이에서 확인하고 싶은 때인 것 같습니다. 이 사람은 이 주제로 여기까지 갔구나, 하고 남의 고생을 느긋히 봅니다. 또 좋은 점을 꼽자면 마음껏 볼 수 있다는 점, 내가 당신을 이해하지 못해도, 심지어 곡해해도 당신은 그 자리에 계속 있을 것이란 점도 예술의 아름다운 부분입니다.

하지만 저는 주르륵 통과해버렸습니다. 많은 예술가들의 증거물을요. 크고 하얀 공간의 미술 어쩌구 그렇게 떠들어놓고 어느새 기념품을 파는 곳에 다다라버렸습니다. 우습죠. 옆에 작은 다락방이 있어 올라가보았습니다. 작은 텔레비전 여러 대가 십자가 모양으로 설치되어 있었습니다. 폴란드 혁명에 대한 작품이었습니다. 누군가는 확성기를 들고 소리치고 있었습니다. 누군가는 초를 놓고 기도하고 있었습니다. 죽은 사람을 기리기 위해서이겠지요. 촛불은 이미 빽빽했습니다. 한참을 앉아 누군가가 소리치고, 누군가가 기도하고, 누군가가 우는 모습을 보았습니다.

마주해버렸습니다. 누군가 아무리 크게 소리 질러도 누군가는 듣지 않는 세상. 누군가 죽음을 맞이하고 누군가 그를 기리는 세상. 삶의 증거물이라니, 한가한 소리 하고 있네. 생각은 멈췄고, 할 말이 없어졌습니다. 할 말이 없다는 것도 하나의 대답입니다. 저는 아름다움을 찾아다닐 기력이 사라져서 바로 옆에 유명한 미술관이 있었지만 그냥 숙소로 돌아가기로 했습니다.

그날 밤에는 가사를 하나 썼습니다.
다음 날 아침에 지워버렸습니다.
언제나 그렇듯 시시한 엔딩입니다.
이제 돌아갑니다.

용두사미 베를린
오지은 올림

일상생활이 가능한가요

날씨가 많이 추워졌습니다.

집 앞 나무에 달린 잎이 노랗습니다. 가을입니다.

아침에 이상한 까마귀떼를 보았습니다. 방향감각을 상실한 듯 낮게 어지럽게 날며 무언가 외치고 있었습니다. 새가 방향을 잃고 날아다니는 것은 불길한 징조라던데, 까마귀떼는 한참을 그렇게 날다가 사라졌습니다.

무서운 일은 일어나지 않았습니다. 집에만 틀어박혀 있었기 때문입니다. 하지만 또 모릅니다. 어쩌면 소중한 무언가가 오늘 부서지기 시작했는지도요. 마음의 끈이 끊어지는 순간은 보이지 않습니다. 나중에서야 알게 됩니다. 아, 그때였구나. 까마귀가 날던 날이었구나 하고.

또 새 이야기입니다. 며칠 전 강변북로에서 줄을 맞춰 동쪽으로 날아가는 새들을 보았습니다. 대형의 끝에서 날던 두 마리는 다른 새에 비해 느린지 그쪽 줄이 늘어져 있었습니다. 저럴 때 새들은 어떻게 하나. 리더가 속도를 조절해주나. 혈기왕성한 새가 리더가 되면 속도 조절이 잘 되지 않는 걸까. 새에 따라 다른 선택을 할까. 애당초 리더와는 상관없는 일일까. 이런저런 생각을 하다보니 새들은 이미 사라지고 없었습니다. 그리고 조금 지나 서쪽으로 날아가는 새 두 마리를 보았습니다. 아, 설마 아까 그 두 마리.

증거는 없지만 제 눈에는 그 둘이었습니다. 동쪽으로 가지 않고 아예 다른 방향으로 가기를 택했구나. 저 둘은 앞으로 어떻게 살아갈까. 추운데 먹이를 구하지 못하면 어쩌지. 비둘기를 본받으면 좋을 텐데. 둘은 끝까지 함께일까. 제 머릿속에서 둘은 이미 비장한 연인입니다. 저는 그들이 굶어죽기를 바라기라도 하는 걸까요? 저도 모르게 비극을 바라는 제 무의식이 싫습니다.

오늘은 시시한 이유로 하루종일 울었습니다. 이럴 땐 난감합니다. 하루종일 울면 생활은 어떻게 하나요. 울면서 침대에 고꾸라진다고 자동으로 되는 일은 하나도 없습니다. 집에는 먼지가 쌓이고 빨랫감도 쌓이고 어제 먹은 귤 껍질도 치워야 하고 원고도 써야 합니다. 운다는 건 참 비효율적입니다. '효율'은 보일러를 설명할 때 잘 어울리는 단어입니다만 사실 보일러나 저나 별반 다르지 않다고 생각합니다. 그는 연료를 먹고 파이프를 데우고, 저는 밥을 먹고 글을 쓰거나 음악을 하지요. 그런데 이런 감정은 연료 소모는 엄청난데 방은 데워지지 않는 셈입니다. 얼마나 아깝나요. 한번 울 때마다 기가 막히는 가사나 글감이 떠오른다면 곡이라도 할 텐데요. 하지만 감정이 넘치는 것과 감정을 결과물로 만드는 것은 별개의 일인 듯합니다.

인터넷을 돌다가 '일생가'라는 단어를 보았습니다. 당신이 이 편지를 보시는 지금은 이미 사라져버린 단어일지도 모르겠습니다. 여튼 뜻은 '일상생활이 가능하냐'고 묻는 것인데, 안부를 걱정해주는 것이 아니라 비꼴 때 쓰는 말입니다. 너 그래 가지고 일상생활은 가능하냐?

시시한 이유가 여럿 모여 일생가 하지 못하게 되었습니다. 난처합니다.

여러분은 일생가 하시길 바라며

오지은 올림

실비아 플라스와 옷장

옷을 찾을 수가 없습니다. 옷장 속에는 짝이 맞지 않는 양말, 보풀이 일어난 레깅스, 구멍난 스타킹, 이제 절대 입을 수 없는 사이즈의 청바지가 뒤섞여 있습니다. 짐을 제대로 정리하지 않은 채 옮기기만 하며 살아온 탓입니다. 10년 치의 '나중에 하지 뭐'가 쌓은 재앙. 가끔 안 입는 옷들을 박스에 넣어 기증해봤지만 옷장은 질서를 찾지 못했습니다. 얼마 전엔 여덟 박스나 정리했는데도 빈자리가 생기지 않았습니다. 물리의 법칙이 통하지 않는 신기한 옷장일까요? 그럴리가요. 제가 계속 싸구려 티셔츠나 니트를 사들인 탓이지요. 세계는 플러스 마이너스 제로니까요.

정리에 대한 책을 샀습니다. 보는 것만으로도 너무 좋습니다. 뽀얗고 단정하고 가지런한 세계. 그리고 역시 그냥 보는 것이 좋습니다. 엄두가 나지 않기 때문입니다. 저렇게 물건을 두려면 나라는 인간 자체가 바뀌어야 할 텐데, 애당초 인간이 책 한 권으로 바뀔 수가 있나요?

하지만 재미있으니까 계속 봅니다. 정리 책들은 마치 하늘에서 떨어진 듯한 기발한 아이디어를 줄 것처럼 광고하지만 결국 비슷한 얘기입니다.

나름 조금 정리를 해보자면, 첫 번째 물건의 제자리를 정할 것. 두 번째 수납이 되지 않는 물건은 처분할 것. 세 번째 사용한 물건은 제자리에 돌려놓을 것. 이걸 반복하기만 하면 누구나 정리박사가 될 수 있다고 하네요. 모든 파트가 어렵지만 저는 특히 두 번째가 정말 어렵게 느껴졌어요. 자기가 가진 것을 전부 꺼내서 정확히 파악하는 것으로 시작하는 그 파트가요.

어쩌면 두려운지도 모르겠습니다. 나에게 무엇이 있고 무엇이 없는지 직시하는 것. 서랍장 안의 혼돈과 어리석음 그리고 충동의 증거들이요. 정하고 또 지켜나가야 한다는 것 또한 막연하게 두렵습니다. 그런 서랍 같은 건 없다고 생각하며 살고 싶은데요. 쑤셔놓은 물건들을 잊고 싶은데요. 뭐든 일단 외면하고 싶은데요. 그나저나 본인이 게으르다는 얘기를 이렇게 거창하게 돌려 말해도 되나요?

제겐 자신의 삶을 컨트롤하는 사람에 대한 환상이 있습니다. 삶의 고삐를 쥐고 원하는 방향으로 가는 사람들. 기상 시간, 식단, 밥 먹은 후 바로 이루어지는 설거지, 말끔한 책상, 먼지 없는 마룻바닥, 모든 물건이 제자리에 있는 서랍, 다림질이 완벽하게 된 셔츠, 드라이클리닝된 코트가 걸린 옷장. 이런 사람은 유니콘일까요. 제 주변엔 나무늘

보가 많습니다만.

제 세계에서 계획은 엎어지기 마련이고, 목표는 달성하지 못하기 마련이고, 코트는 끝내 드라이클리닝을 하지 못한 채 다시 겨울을 맞기 마련입니다. 스무디를 만들려고 사둔 채소는 냉장고에 넣는 순간 잊혀집니다. 일상은 작고 흔하고 슬픈 비극의 연속. 그러다 갑자기 굉장한 행운을 만날 때도 있는데요, 제때 채소를 갈아 신선한 스무디를 만들어 마시는 순간입니다.

오랜 시간 이런 제가 싫었습니다. 어지러운 집을 볼 때마다 한심함의 증거를 선명하게 보는 기분이었습니다. 요즘은 그렇지 않습니다. 굉장한 깨달음을 얻은 것은 아니고, 더 선명한 증거가 등장했기 때문입니다. 글을 쓸 때, 노래를 부를 때, 보이는 제 흠이 너무 큽니다. 아무리 메우려고 해도 메워지지 않는 커다란 구멍 같습니다. 자학에도 에너지가 드니까요, 에너지 보존을 위해서 나머지 시간은 그냥 허허허, 하고 헐렁하게 지내기로 했습니다.

실비아 플라스의 일기를 읽었습니다. 어찌나 계획을 좋아하고 다짐을 좋아하는 사람이었는지. 일곱 시 반에 일어나서 아침을 먹고 청소를 여덟 시 반까지 마치자. 그리고 아홉 시 전부터 글을 쓰자. 독일어를 하루에 두 시간씩 공부하자. 그의 일기장은 이런 계획과 다짐과 지키지 못한 후의 자기혐오로 가득했습니다.

실비아 씨는 스스로에 대한 기준이 높았던 것 같습니다. 자신을 '전부 다 할 수 있는 사람' 또는 '전부 다 잘해야만 하는 사람'이라고 생각했던 것 같습니다. '전부 다 하기는 조금 힘든 사람'으로 설정해두면 좋았을 텐데.

"원래 그거 못해요, 실비아 씨. 시 쓰면서 어떻게 청소, 빨래, 독일어 공부까지 하나요. 그리고 실비아 씨처럼 마음이 몸을 지배하는 사람은 더 힘들어요. 그렇게 예민하게 시 쓰다가 어떻게 갑자기 밥을 차려요." 하고 동네 언니처럼 참견하고 싶었지만 전할 방법은 없었습니다.

그녀는 시인이고, 그녀의 남편도 시인입니다. 남편의 이름은 테드 휴스. 둘은 케임브리지대학교에서 만나 사랑에 빠졌다고 합니다. 그리고 3개월 만에 결혼을 했습니다. 일기에서 실비아는 테드가 얼마나 훌륭한 사람인지 거듭 말합니다. 자신의 세계를 이해해주고, 존경할 만한 깊은 세계가 있는, 멋지고 재능이 넘치는 테드. 평생을 사랑할 수 있는 유일한 사람을 만났다고 실비아는 일기에 계속 적습니다. 사랑의 환희가 느껴집니다. 너무 환해서 많은 것을 덮어버리는 젊은 사랑의 빛.

서로를 한없이 사랑하는 두 예술가가 종일 붙어 지낸다면 당신은 그곳이 어떤 분위기일 것 같나요. 영감이 넘치는 아름다운 공간? 저는 불편해서 들어가기 꺼려지는, 아주 조용한 사무실이 떠오릅니다.

너무 사랑하니까, 상대방 마음속의 바스락 소리가 들리는 두 사람. 자주 바스락 소리를 내게 되는 두 사람. 시가 안 써지는 시간에도 바스락, 시가 퇴짜를 맞고 돌아오는 때에도 바스락, 메아리처럼 바스락 소리가 또 다른 바스락 소리를 부릅니다. 너의 어두운 표정이 나의 어두움이 되고 그것이 또 너의 어두움이 되고 결국 온 집안이 바스락 소리로 가득찹니다. 밤에도 환청처럼 바스락 소리가 들리겠죠. 제가 진짜로 실비아 씨의 동네 언니였다면 집으로 놀러오라는 초대는 거절하고 "실비아야, 우리 그냥 밖에서 차 마시자"라고 말했을 것 같아요.

테드 휴스는 실비아보다 먼저 시인으로 성공합니다. 그렇다고 경제적으로 나아지진 않았습니다. 두 예술가는 계속 생활비와 미래 걱정을 해야 하는 상황에 놓입니다. 그런데 실비아가 조금 더 적극적으로 걱정했던 것 같습니다. 사람의 관계에는 균형이 있어서 한 명이 무심하면 다른 한 명이 안달하는 역할을 맡곤 합니다. 기가 약했던 쪽은 실비아였던 것 같습니다.

어떤 창작자는 자신이 무엇을 해야 하는지를 일찍 알고 묵묵히 나아가고, 어떤 창작자는 그렇지 못합니다. 그런 둘이 함께 있으면 후자는 괴로워지기 쉽습니다. 자신의 모자람이 도드라지게 느껴지기 때문입니다. 사실 그건 모자람이 아닙니다. 단지 물처럼 투명하고 흔들리는 성질일 뿐, 나무토막처럼 완전한 형태를 갖추지 않았다고 스스로를 탓할 필요는 없습니다. 하지만 어린 실비아는 어쩔 수 없었습니다. 테드도 어쩔 수 없었습니다. 1950년대였습니다. 페미니즘도 록 음악도 조금 나중의 이야기입니다.

테드가 싫어하는 일은 절대 하지 말아야지.
그이는 천재고, 나는 그이의 아내다.
테드한테는 하나도 보여주지 말 것.
테드에게는 원고를 퇴짜 맞은 이야기를 하지 않을 셈이다.

실비아의 이런 다짐을 읽으면 마음이 아픕니다.

결국 둘은 헤어집니다. 아이는 둘 있었습니다. 실비아는 아이를 키우며 극심한 생활고에 시달렸다고 합니다. 그때 역작이라 칭송받는 작품《에어리얼》을 씁니다. 그리고 많은 사람이 아는 비극적인 자살을 합니다. 자살은 그녀를 어떤 상징으로 만들었습니다. 아름다운 금발의, 재능 있는 시인이 자신의 꿈을 완전히 펼치지 못하고 택한 극적인 자살. 그리고 테드 휴스는 천하의 나쁜 놈이 되었습니다. 육아와 살림을 전부 책임지게 하고 재능 있는 여자를 자기 삶의 부속품으로 사용한 놈! 실비아는 신화가 되고 테드 휴스는 입을 다물었습니다.

일기가 담고 있는 것은 진실의 파편입니다. 글로 누군가의 삶 전체를 파악할 수 있다고 믿는다면 오만입니다. 실비아의 딸 프리다 휴스는 〈나의 엄마My Mother〉란 시를 썼습니다.

땅콩을 먹으며
나의 엄마의 죽음을 즐기던 자들,
집에 가겠지. 그녀와의 추억을 각자 품고.
생명 없는 기념품.

실비아는 우리를 일깨워주기 위해 죽은 것도, 나쁜 놈에게 희생당하고 가련하게 죽은 것도 아니라고 생각합니다. 저는 그녀의 삶과 죽음을 한 문장으로 정리할 수 없습니다. 그저 몇 개의 파편을 보았습니다. 예민하고 투명한 영혼의 여성이 아주 열심히 살고 사랑하고 노력하고 쓰고 슬픈 선택을 했다고 멋대로 짐작할 뿐입니다.

테드 휴스는 실비아에 대한 사랑이 아프게 담긴 시집 《생일 편지Birthday Letters》를 내고 죽었습니다(아직 읽어보지 못했습니다. 누가 복간을 좀 해주셨으면 좋겠어요).

저때도 프리스틱이 있었으면 좋았을 텐데. 자기 전에 항우울제를 먹으며 생각합니다. 온통 검정인 제 일기장을 생각합니다. 누군가의 눈에 전 어떻게 비칠까요. 전 당신을 어떻게 보고 있을까요. 실비아의 일기를 읽고 저는 조금 덜 외로워진 듯한 기분이 들었지만, 그것은 제가 땅콩을 먹은 탓일지도 모르겠습니다. 그리고 아무래도 옷장은 정리해야겠습니다.

타인의 삶 앞에서
말을 찾기가
점점 더 힘들어지는
오지은 올림

괜찮지 않은 시간

잘 지내냐고 누가 물으면 "아니 중하中下야." 또는 "아니 못 지내는데 괜찮아." 하고 답한 지 꽤 되었습니다. 상대방이 알겠다는 듯 쓴웃음을 지을 때는 조용한 위로가 오가는 기분이 듭니다. 눈을 동그랗게 뜨고 왜냐고 묻는 사람들도 있습니다. (젊은이들이 종종 그럽니다) 가끔 진짜로 궁금해서 물어보는 사람도 있습니다. 제가 어떻게 지내는지, 요즘 어떤 마음인지에 대해서요. 그럴 땐 미안한 마음과 난처한 기분이 동시에 듭니다. 왜냐하면 이유가 너무 자잘하고, 많고, 뻔해서입니다.

이 편지를 빌려 자세히 적어볼까요. 먼저 가장 큰 문제는 해묵은 고민들입니다. 해결할 방법이 없어 그냥 안고 살고 있는 고민들. 그런데 그 위에 새로운 고민이 쌓입니다. 난처하지요. 그리고 이런 강박이 무드를 더해줍니다. 나는 아마도 내일도, 모레도 계속 이 모양일 확률이 높다는 것. 그런데 밖에 나가면 미세먼지가 심합니다. 발암물질이 있다던데…… 그런데 스트리밍값은 여전히 0.6원입니다. 역시 말하지 않는 편이 좋았죠? 그래서 반쪽짜리 어른은 매번 고민합니다. "응 잘 지내." 하고 넘기고 싶은 마음 반. "아니 나 못 지내!" 하고 주르르 쏟아내고 싶은 마음 반. 구석에 쪼그리고 있는 아이는 이해받고 싶다고 끈질기게 혼잣말을 하고 있네요. (너는 포기 좀 해라!)

'도탄에 빠진 백성'이라는 말을 인터넷에서 보았습니다. 누군가 적었더라고요. "역사책에서나 보던 도탄에 빠진 백성이 바로 나였어!" 도탄은 '진흙탕 숯구덩이'라고 합니다. 그러게요. 적어도 태평성대는 아닌 것 같습니다. 글을 쓰고 음악을 만드는 베짱이 같은 저는 상대적으로 시간이 많아 도탄에 더 깊게 빠질 수 있습니다.

마치 그리스 신화처럼 세상에 도탄을 만드는 수레바퀴가 있다면, 그 바퀴를 돌리는 사람의 입버릇은 무엇일까요. 이렇게 추측해봅니다. "원래 세상은 이런 식으로 돌아가는 거야. 억울하면 너도(후략)." 한편 그 바퀴를 돌리는 사람의 얼굴과 표정은 어떤 느낌일까요.

룸살롱에 가본 적이 있습니다. 친구의 아는 사람을 만나는 자리였는데 약속 장소가 그곳이었습니다. 그는 정부의 관리였고 스코틀랜드 30년산 위스키로 폭탄주를 만들고 있었습니다. 저는 "귀한 술을 왜 음미하지 않고 폭탄주로 만들어버리시나요?" 하고 물었습니다. 그는 잠시 묘한 표정을 지었습니다. 무표정, 하찮은 것을 볼 때의 귀찮음, 일그러진 단호함이 잠시 스쳤고 그는 결국 대답하지 않았습니다.

얼마 전 이런 글도 보았습니다. 글쓴이가 다니는 회사의 사장이 이렇게 말했다고 합니다. "당신이 시위에 나갈 때 4,900만은 자기 할일을 하고 있어." 그의 눈에는 광장에 모여 시위를 하는 사람들이 자기 할일도 제대로 안 하는 한심한 자들로 보였나 봅니다. 이런 글도 보입니다. "부자처럼 생각해야 부자가 되지, 가난한 사람처럼 살면 안 돼. 시위 같은 걸 하면 평생 가난해지는 거야." 그는 진심이겠지요. 부자 같은 생각은 어떤 생각일까요. 30년산 위스키로 폭탄주를 만들어 들이키는 것도 부자 같은 생각 중 하나일까요.

당신은 어떤 사람이 어른이라고 생각하나요. 나이를 먹은 사람, 현명한 사람, 시야가 넓은 사람, 묵묵히 자기 일을 하는 사람. 사람마다 어른에 대한 정의가 다르겠지요.

저는 '매사 정의를 잘 내리지 못하는 사람'이 어른 같습니다. 흑과 백의 세계를 지나 각자의 입장, 상황, 복잡함 속에서 조개처럼 입을 다물게 되는 사람이 어른 같습니다. 그다지 즐거운 일은 아닐 것입니다. 오히려 흑과 백의 세계가 즐거울 수도 있습니다. 저 사람은 나쁜 사람이고 저 사람은 좋은 사람이야. 단순하고 명쾌합니다.

회색 지대에 가기도 합니다. 어차피 세상살이 다 똑같아. 그 또한 묘하게 즐겁습니다. 인생을 꿰뚫어 본 기분도 듭니다. 많은 것이 간편해집니다. 회색 지대는 안전지대입니다.

수많은 점으로 이루어진 면을 생각합니다. 어떤 점은 검은색. 어떤 점은 흰색. 어떤 점은 깜빡이며 색깔을 바꿉니다. 너무 많은 점이 있어 무슨 색이냐는 질문에 쉽게 답을 할 수 없습니다.

하지만 멀리 떨어지면 검은 화면이 보입니다. 나쁜 의도는 없었다는 말이 검은 점이 됩니다. 그런 점이 빼곡하게 있습니다. 악은 어쩌면 그런 모습일지도 모르겠습니다. 군데군데 하얀 점을 품고 있는, 나쁜 의도는 없었지만, 결국은 새까만 화면.

음악인 시국선언에 참가하지 않겠냐는 연락이 왔습니다. '박근혜 대통령은 하야하라'라고 적혀 있었습니다. 저는 진지하게 생각했습니다. 혼자 고민해봐야 여의도에 뒹구는 낙엽보다도 중하지 않겠지만 그래도 생각했습니다. 어디에 이름을 올리는 것은 복잡한 일이니까요. 그러다 시간이 흘러 결국 서명을 하지 못했습니다.

큰일 앞에서는 오히려 마음이 편합니다. 직접적으로 관여하지 않기 때문입니다. 만약 제가 이름을 적는 순간 대통령이 하야해야 한다면? 저는 편하게 잘 수 없을 것입니다. 하지만 그렇지 않기에 고민하는 척하다가 쿨쿨 잤습니다. 실제로 뛰고 있는 사람들의 흉도 잡을 수 있습니다. 저는 관전자니까요.

예술계 성폭행에 대한 글을 읽었습니다. 수레바퀴를 돌리는 악당. 이번 악당의 입버릇은 이렇습니다. "다 그렇게 하니까." 저는 이 수레바퀴 앞에서 멈춰버렸습니다. 저는 제가 누군지 모르겠습니다. 수레바퀴를 못 본 척하던 방관자인가. 운 좋게 수레바퀴에 깔려 죽지 않은 생존자인가. 누군가가 여기는 다 썩었으니 전부 망해버렸으면 좋겠다고 했습니다. 가까이 있는 나에겐 하얀 픽셀이 보입니다. 하지만 멀리서 보면 이 화면은 분명 검겠지요.

저는 당신께 새로 산 루이보스 티에 대해 얘기하고 싶습니다. 찬물에 우리면 맛이 부드러워져 한층 맛있다는 말도 덧붙이고 싶습니다. 클렌징 오일을 헹군 후 굳이 클렌징 폼을 또 써야 하는가에 대해 같이 고민하고 싶습니다. 어떤 제품은 괜찮다고 하고, 어떤 제품은 꼭 씻어야 한다고 하고, 그렇잖아요. 그런 하나도 중요하지 않은 일에 대해서 시간을 들여 당신과 얘기하고 싶습니다. 매일같이.

지칠 것입니다. 시커먼 큰 화면을 보게 될 때도, 바로 옆에 있는 새까맣고 작은 픽셀을 보게 될 때도. 그리고 언젠가는 내 손으로 수레바퀴를 돌리고 있을지도 모르지요. 어떻게 장담하나요. 나는 죽을 때까지 검은 일에는 한 톨도 관련되지 않을 것이야, 하고요.

그래서 작은 원을 그립니다. 쓸데없는 것으로 결계를 칩니다. 적어도 용기와 비겁함 사이 어딘가에 있을 수 있도록. 당연한 듯 30년산 위스키로 폭탄주를 만드는 인간이 되지 않도록. 지치더라도 완전히 놓아버리지는 않도록.

폭탄주가 싫다는 말을 이렇게 많이 했지만
사실은 술을 전혀 마시지 못해서
30년산 위스키의 맛이 왜 귀한지 잘 모르는
오지은 올림

고흐와 아몬드 블로섬

도탄에 빠진 당신, 그간 안녕하셨는지요. 오늘은 조금 헐렁한 편지를 당신께 보냅니다.

저는 그간 무엇이 제 상태를 중하中下에서 끌어 올려줄 수 있을지 궁리하며 살았습니다. 지난번에 말한 루이보스티도 잔뜩 마셨지요. 큰 포트에 차를 가득 끓여서 1리터짜리 보온병에 넣어 침대 맡에 두고 이불 속에 파묻힌 채로 훌쩍거렸습니다. 느긋한 오후였습니다. 사람들이 웃기다고 극찬하는 스탠딩 코미디도 한 편 보았습니다. 아, 정말 웃겼습니다. 그리고 저는 여전히 중하였습니다.

10년쯤 전에 저는 〈익숙한 새벽 세시〉라는 노래를 만들었습니다. 좋아하는 로션을 바르고 제일 좋아하는 음악을 들으면 나아질까, 하고 새벽 세 시에 생각하는 내용입니다. 아가씨, 나아지지 않습니다만 아무것도 하지 않는 것보단 낫겠지요. 계속 바르고 들으시길 따뜻한 마음으로 응원합니다.

요즘 프로젝트팀을 하고 있습니다. 혼자 음악을 할 때와는 여러가지가 다릅니다. 힘을 얻는 부분도 있고 힘이 더 드는 부분도 있고 그렇습니다. 파트너도 마찬가지겠지요. 그런데 언젠가 힘을 너무 받아버렸는지 대담한 결정을 해버렸습니다. 12월 한 달간 매주 수요일마다 단독공연을 하기로 한 거예요. 제 기준 단독공연의 적정 횟수는 아무리 많아도 3개월에 한 번인데……

이런 흐름이었습니다. 겨울이니까 우리 캐럴을 부르자. '찰리 브라운 크리스마스' 에피소드에 나오는 빈스 과랄디 음악을 듬뿍 연주하자. 주말에는 공연장이 없다고? 그럼 주중에 하면 되지. 한 번만 하긴 연습한 게 아깝다고? 그럼 한 달 내내 매주 하지 뭐!

흥은 사라졌습니다. 이제 수습해야 합니다. 무기력하고 부정적이고 걱정이 많고 어깨도 결리는 저 자신이……

불평을 할 대상이 없는 점이 새삼 재미있습니다. 부모가 내린 결정이라면 반항하고, 어기고, 적어도 문이라도 쾅 닫을 수 있을 텐데, 원망할 곳이 없어 그냥 방에서 과자나 많이 먹고 있습니다. 어른이 되니까 밥 대신 에이스 크래카(커 아니고 카인 거 아시죠)에 믹스커피를 곁들여 먹어도 혼나지 않습니다. 서럽고 멋져.

오쿠다 히데오의 《항구 마을 식당》을 읽었습니다. 소설가 오쿠다 히데오가 출판사 신초에서 나오는 잡지 《여행》의 기획으로 배를 타고 항구 마을에 가서 맛있는 것을 잔뜩 먹고 옵니다. 그게 다입니다. 절경에 대한 아름다운 묘사도 없고(도보 20분 이상 코스는 작가 없이 카메라맨 혼자 가서 사진을 찍어 옵니다), 여행의 달인에게 얻을 수 있는 어드바이스도 없고(오쿠다 히데오는 평소 자기 집 서재에만 있는 사람이라고 합니다), 별 놀라운 에피소드나 삶의 깨달음도 없습니다. 책 내내 배를 타고 그 안에서 졸다가 현지에 가서 맛있는 음식을 먹는 내용이 이어집니다. 현지인과의 대화는 고작 "예쁜 마마가 있는 스낵바가 어디인가요?" 정도입니다(스낵바는 일본 특유의 술 문화입니다. 가게의 주인인 마마[마담]와 수다도 떨고 술도 마시고 노래도 부르는 소박하고 작은 장소입니다. 온갖 풍파를 겪은 마마를 어둠의 현자 이미지로 다루는 작품도 많습니다). 하루키는 스코틀랜드에서 위스키 기행을 하고 책을 내고, 오쿠다 히데오는 도사시미즈 항구에서 고등어회를 먹고 책을 내는군요.

그런데 조금 웃겼습니다. 솔직히 처음에는 어딜 가서든 미인 마마를 찾는 중년 남자 소설가가 한심해 보여서 괜히 샀다 싶었습니다. 아니 일본 최북단 왓카나이까지 가서 눈보라 속에서도 스낵바를 찾는단 말이야? 하지만 다음 날 술도 깨지 않은 채로 마마의 아들이 참가하는 검도대회에 가서 응원을 하는 대목에서 이상한 진정성을 느껴버렸습니다. 그래, 이런 여행도 어떤 의미에선 참된 여행이다…… 그리고 제 여행을 돌아보게 되었습니다(전 돌아보기 마니아니까요). 절경이 있다고 해도 도보 20분이 넘으면 거리낌 없이 패스하고, 정말 내가 좋아하는 것(스낵바에서 수다 떨기)을 어디에서든 한결같이 추구하는 여행을 한 적이 있는가.

"나, 파리 여러 번 갔지만 루브르는 가본 적 없어"라고 말하던 제게는 아마 약간의 우쭐함이 있었을 것입니다. 누군가 그 냄새를 맡았을 것을 생각하면 부끄러워집니다. 왜

냐하면 저는 오르셰에는 갔기 때문입니다. 모두가 하는 건 하지 않아, 하고 말하면서 사실 두 번째로 유명한 것을 하는 성격. 훌쩍 떠나는 것처럼 보이지만 사실은 좋은 작업을 해와야 한다는 불안에 빠져 있던 것. 여행에서 뭔가를 얻어야 한다는 강박은 촌스러운 것이라고 되뇌었지만, 되뇐다는 것 자체가 의식하고 있다는 뜻 아니었을까요.

당신은 스트레스가 극에 달하면 무엇을 하나요. 저는 지도를 봅니다. 그중 철도 노선도가 제일입니다. 지도에는 작은 동그라미 그리고 역 이름만 적혀 있지만 이상하게 질리지 않습니다. 어디부터 어디까지 가는 데 시간은 얼마나 걸리는지, 하루에 기차는 몇 대나 있는지, 강을 끼고 달리는지, 평지를 달리는지, 산을 넘기라도 한다면 최곤데, 저 마을에는 인구가 몇인지, 유스호스텔은 있는지 그런 정보를 찾다보면 한나절이 갑니다.

많이 지쳤던 어느 평범한 밤에, 구글맵을 한참 보다가 검색창에 이렇게 넣어보았습니다.

railway scenery europe

'경치가 좋은 유럽 열차 톱 10'이라는 《론리플래닛》의 기사가 나왔습니다. 인터넷 정말 좋다, 지도를 보고 루트를 확인했습니다. 어떻게 움직여야 저기 나온 열차를 최대한 많이 탈 수 있지? 그나저나 비행기표는 요즘 얼마일까. 세상에 서울-파리 왕복이 59만 원이라고. 물론 서른다섯 시간의 여정입니다만, 지금은 경유마저 낭만으로 느껴집니다. 외국 공항 환승 통로 앞에 쭈그려 앉아 빈 컨센트에 노트북을 충전하며 일기를 쓰는 나. (빙그레) 낮의 시간이 버거워질수록 밤의 여행계획표는 점점 정교해졌습니다. 결정을 내려야 할 때가 왔습니다. 계획표를 파기할 것이냐, 결제할 것이냐.

명분은 없습니다. 가사를 쓸 것도 아니고, 이번 여행을 재료로 작업을 할 것도 아닙니다. 그냥 기차가 좋고, 기차를 타고 싶습니다. 마음속의 소시민이 말합니다. “네가 그럴 상황이야? 뭘 했다고 여행을 가? 돈을 그렇게 막 써도 된다고 생각해?” 이번에는 마음속 대범이가 대범하지 못하게 작게 말합니다. “여행…… 갈 수 있을 때 그냥 가는 거지……” 너도 옳고 너도 옳다.

흔들리는 제게 소시민이 파노라마를 보여줍니다. 날씨가 나빠 아무것도 보지 못했던 어느 날, 우박에 맞아 화가 났던 날, 추운 숙소에서 몸살에 걸린 날, 비싼 물가에 마음이 쪼그라들었던 날, 너구리가 너무 먹고 싶었던 어느 밤, 내가 대체 여기서 뭘 하고 있는 건가 후회했던 날, 전부 진실된 자료이고 거짓 하나 없습니다. 한편 대범이는 자료가 없네요. “저는 그냥 안 가봐서 모르는데…… 그러니까 가보는 수밖에 없지 않을까요?” 헤헤.

모르니까 일단 가보자는 생각이 얼마나 많은 사람들을 고생시켰을까요. 그리고 그 생각은 얼마나 매력적인가요.

모르니까, 가보지 않았으니까 그러니까 상상할 수 있고 꿈꿀 수 있습니다. 저는 지금 행복한 '가보지 않은 사람'입니다. 결제를 하기로 마음을 먹고 두 손으로 얼굴을 감싸쥐고 한참을 있었습니다. 또 저질렀어.

노트북을 닫기 전에 바탕화면을 보았습니다. 고흐의 〈아몬드 블로섬〉. 이 아름다운 그림은 암스테르담에 있습니다. 제가 짠 기차 루트는 남부 유럽에서 끝이 납니다. 암스테르담은 한참 북쪽에 있고요. 저 그림 한 장을 위해서 숙소와 교통비와 시간을 들여야 할까. 좋으리라는 보장도 없는데. 그놈의 보장, 제 안의 소시민은 끈질깁니다. 다음에 보세요. 더 좋은 때가 있겠죠. 아니 그냥 접으세요. 그럼 고민할 필요도 없답니다.

소시민은 승률이 높지만 이번에는 대범이가 이겼습니다. '즐거운 순간' '순수한 기쁨' '에너지' '잘 지내는 법' 이런 키워드에 이렇게 목말랐던 적이 없습니다. 더 즐겁고 싶습니다. 즐겁지 않은 것들로부터 영영 도망가지 않기 위해서 잠시 즐거움으로 도피합니다. 당당하게.

나도 도사시미즈 항구에서 고등어회를 먹고, 20분 이상은 걷지 않는 이웃 나라 작가처럼 어디 한번 그저 즐겁게 여행해보겠어. 아무것도 느낄 필요 없이, 아무것도 만들 필요 없이, 그저 즐겁게. 소시민이 불쑥 말합니다. "그런 여행에서도 얻는 것이 있겠지?" 정말 끈질깁니다.

언젠가 불쑥 시칠리아에서 편지를 보낸다면 그게 이 여행이구나, 하고 반가워해주세요. 고흐의 그림이 어땠는지 말할 수 있는 날을 기다립니다.

에라 모르겠는

오지은 올림

당신께

가끔 당신은 제게 편지를 보냅니다. 이메일을 보내기도 하고, 방명록에 긴 글을 남기기도 하고, 손편지를 줄 때도 있습니다. 어떤 당신은 자신의 생활을 종알종알 이야기해 주고, 어떤 당신은 무거운 짐을 갑자기 맡기는 낯선 이처럼 안절부절못합니다. 아무리 제가 괜찮다고 말을 해도 당신은 항상 편지 말미에 이런 말을 해서 미안하다고, 어디에도 한 적이 없는 말을 털어놓아 미안하다고 몇 번이고 말합니다. 정말로 저는 괜찮은데요.

글을 쓰고 노래를 만들 때는 마치 바다에 유리병을 띄우는 기분입니다. 유리병이 어디에 다다를지, 누가 그 병을 열지 저는 알 수 없습니다. 가끔 당신이 병을 잘 받았다는 소식을 주기도 합니다. 그럴 땐 많이 기쁩니다. 하지만 저는 당신이 지금 어떤 일을 겪고 있는지 무엇을 느끼고 사는지 알 수 없습니다. 도울 수도 없습니다. 우리는 그런 사이입니다.

하지만 그래서 좋다고 생각합니다. 저는 저의 섬에 있고, 당신은 당신의 섬에 있고, 우리는 멀리 있고, 서로를 구할 수 없습니다. 그래서 계속 유리병을 보낼 수 있는 것이겠지요. 당신은 어떻게 생각할까요.

당신은 얼마 전 제게 긴 글을 남겼습니다. 초라한 이야기라고 했습니다. 지인에게는 말할 수 없는 두렵고 부끄러운 이야기라고, 하지만 제발 누군가는 들어주었으면 좋겠다고 했습니다.

당신은 얼마전 친구를 잃었습니다. 그 친구는 배에 타고 있었습니다. 우리가 아는 그 배에요. 그 친구와 당신은 절친한 사이는 아니었지만, 착하고 성실한 사람이라고 제게 말한 것을 보면 그 친구는 느낌이 좋은 사람이었나 봅니다. 조용하지만 가끔 재미있는 말도 하고, 성적은 반에서 중간 정도였을까, 마음대로 상상해보았습니다. 저는 당신을 모르고 당신의 친구는 더더욱 모릅니다. 하지만 당신과 저는 그 죽음을 지켜보았습니다. 아픔의 크기는 비교할 수도 없겠지요.

세상은 애도하는 사람을 위한 시간을 잘 내어주지 않습니다. 성장과 성과 중심의 한국 땅에서는 더욱 그렇습니다. 당신은 아픔을 제대로 들여다보지 못한 채 어른의 길에

접어들었습니다. 이해가 가지 않는 일투성이였을 것입니다. 잠시 멈춰 생각할 시간은 이 나라에서 사치입니다. 요령 좋은 누군가는 상황을 빨리 받아들입니다. '다들 하니까' '원래 이런 거니까'라는 말은 엉성하지만 이상하게도 이 땅에서는 강력한 법칙입니다.

요령 없는 누군가는 마음속에 '왜'를 품었기에 에너지를 더 많이 소모하고 삽니다. 그리고 저는 그런 당신이 좋습니다. 떠내려가지 않으려고 고생하는 당신이 좋습니다.

성수대교라는 다리가 무너진 적이 있습니다. 쓰면서도 이상한 기분이 듭니다. '성수대교가 무너지다' 현실이 말을 초월하는 날이었습니다.

1994년, 저는 중학교 1학년이었습니다. 10월의 평범한 아침, 저는 78-1번을 타고, 무학여고 학생들은 16번 버스를 타고 학교에 가고 있었습니다. 저는 무사히 학교에 도착했고 그들은 한강에 빠졌습니다. 성수대교는 제가 살던 곳에서 가장 가까운 한강 다리였습니다. 아직도 기억납니다. 교실에 깔린 무거운 공기, 조용한 패닉, 두 동강 난 다리의 비현실적인 모습, 천재지변도 아닌, 전쟁도 아닌, 그냥 매일 건너던 한강 다리가 무너져 버스가 통째로 강에 빠질 수 있다는 것, 내가 사는 세상이 안전하지 않다는 것. 저는 아직도 육교를 건널 때면 손바닥이 땀으로 흠뻑 젖습니다. 한강을 걸어서 건너는 일은 상상할 수 없습니다.

그리고 우리는 이런 말을 들었습니다. 쓸데없는 생각 말고 공부나 해라. 아쉬우면 너희들이 공부 열심히 해서 세상을 바꾸면 되는 거 아니냐. 너무 아픈 말입니다. 그 말을 했던 어른들이 나는 아픕니다. 그 말을 듣고 큰 우리들이 아픕니다.

그 다리는 1970년대 말에 세워졌습니다. 저는 1970년대에 이루어졌다는 한국의 고도성장을 믿지 않습니다. 그 성장은 다리를 무너지게 했고 백화점을 무너지게 했고 결국 당신의 친구를 잃게 만들었다고 생각합니다.

슬프게도 어른이 되어버린 당신은 제게 물었습니다. 왜 회사에는 늘 사람이 적고 왜 일은 많은지, 왜 숨도 못 쉴 정도로 바삐 일해도 일은 끝이 없는지, 무의미한 보고서는 왜 작성해야 하는지, 왜 강남의 번쩍거리는 건물에서 제일 좋은 곳은 화장실이어야 하는지.

서투른 어른인 저의 대답은 이렇습니다. 그것은 어떤 종류의 사기입니다. 세상에 존재하는 무능과 얄팍함, 비겁함을 숨기려고 만들어둔 장치 같은 것입니다. 물론 거기에도 합리적인 법칙이 있고 합당한 이유가 있습니다. 듣다보면 설득이 됩니다. 공감이 가기도 합니다. 하지만 결국 자본주의가 사람을 편하게 사용하기 위해 닦아둔 길일 뿐입니다. 많은 사람들이 그 길을 달린다고 해서 당신도 있는 힘껏 달려야 할 필요는 없습니다. 제 말이 순진하게 들릴 수도 있겠습니다. 맞습니다. 먹고 사는 일은 중요하니까요. 하지만 그것만이 전부는 아니라고 말하고 싶습니다.

당신은 스스로가 비겁하게 느껴진다고 했지요. 가끔 웃고 떠들기도 하고 영화를 보러 가고 전시회에도 갔다고. 길에서 서명을 받는 사람들을 외면하기도 했다고. 어떻게 당신이 비겁한가요. 당신의 마음에 이렇게 아픔이 박혀 있는데. 즐겁게 지내는 것조차 당신에게 괴로움인데. 비겁한 사람들은 얼버무리는 어른들입니다. 당신은 전혀 비겁하지 않습니다.

당신의 죄책감은 당신이 세상을 바로 보고 있기 때문에 생기는 것입니다. 당신이 세상을 외면한다고 해도 나는 당신을 비난하지 않을 것입니다. 우리는 영웅이 아닙니다. 잊고 싶고, 웃고 싶고, 그냥 편하게 자고 싶은 작은 사람들입니다. 모든 아픔을 품을 수도, 해결책을 내놓을 수도 없습니다.

당신의 마음에 박힌 아픔은 어쩌면 평생 그 자리에 있을지도 모릅니다. 제가 아직까지 육교를 건너지 못하듯 당신은 오랜 시간 배를 탈 수 없을지도 모릅니다. 아무리 몸부림쳐도 없앨 수 없는 아픔이기에 오히려 당신은 뭔가를 보고, 깔깔 웃고, 노래를 하고, 춤을 춰야 합니다. 아픔과 같이 살아가기 위해서.

저는 이미 그저 그런 어른일지도 모릅니다.

하지만 다리가 무너지고,

배가 가라앉는 세상만은 싫습니다.

당신의 마음을 보여주어 감사합니다.

제발 미안하다는 말은 하지 말아주세요.

투명하게

아름답게

살아주어 고맙습니다

오지은 올림

몸을 돌보는 것에 대하여

새해가 밝았습니다. 한반도의 신들은 음력을 쇠어서 음력 1월 1일부터가 진짜 새해라고 하지만, 하늘의 기운과 상관없이 제 마음은 새해를 맞았습니다. 숫자가 바뀌는 것만으로도 조금 가뿐해지는 기분입니다.

새해부터 운동을 열심히 하는 건 좀 뻔한 것 같아서 전

날! 필라테스 수업을 잡았습니다. 적고 보니 대체 뭐가 뻔하다는 건지 모르겠네요. (새해부터 운동을 시작한 당신, 진심으로 존경하고 응원합니다)

스튜디오는 한산했습니다. 진즉 포기한 줄 알았던 학생이 돌아와서인지 선생님은 반가운 기색이었습니다. 하지만 표정은 곧 바뀌었고 저는 알게 되었습니다. 그간의 노력이 수포가 되었다는 사실을.

저는 줄곧 뻣뻣한 아이였습니다. 친구들이 손으로 발가락을 잡을 때 제 손은 허공에서 허우적댔습니다. 그러나 필라테스라는 이름의 고문이 인생 처음으로 발가락을 잡을 수 있게 해주었습니다. 그것도 단기간에요. 정말 토할 것 같아서 멈춘 것이 여러 차례, 숨이 잘 안 쉬어져서 멈춘 것도 여러 차례, 남들은 하다가 울기도 한다는 동작을 버티며 영겁 같은 1초를 보낸 것도 여러 차례. 그렇게 해서 겨우 잡게 된 발가락인데 말입니다.

제 손은 다시 지면 10센티미터 위에서 멈췄습니다. 운동

시작 전 상태 그대로였습니다. 그래도 5센티미터 정도 위에서 멈출 줄 알았는데. 고작 한 달을 쉬었다고 고통의 시간이 이렇게 없던 일이 되나요. 이게 세상의 법칙이라면 너무 잔인합니다. 진보는 이렇게 어려운데 퇴보는 이렇게 간단하다니요. 상심한 저는 집으로 돌아와 좀전의 고생이 수포가 되는 자세로 누워 각종 운동 관련 기사를 읽기 시작했습니다. 그리고 처음으로 알게 되었습니다. 멋진 몸은 한때의 운동이 아닌, 평생의 고생으로 유지되는 것임을. 아니, 그렇다면 그냥 놓아버리는 것이 낫지 않나요? 어차피 바로 돌아갈 것이라면 고생도 안 하는 게 좋잖아요. 하지만 그런 얄팍한 말로 스스로를 속이기엔 오른쪽 골반이 너무 아팠습니다.

공포와 걱정 마니아인 제게 새로운 공포가 생겼습니다. 그것은 '잘못하고 있는데 아무도 이야기해주지 않으면 어쩌나'입니다. 예전엔 모르던 종류의 공포입니다.

어릴 땐 지적을 받으면 해진 옷소매를 감추려다 실패한 것처럼 민망하고 부끄러웠습니다. 누군가 "너 지금 옷소매 나왔어." 하고 말해줄 때 그의 마음속에서 일어나는 일을 알지 못했습니다. 망설임과 배려, 고민의 시간을요. 조금 더 나이를 먹고는 제 흠의 모양을 대략 파악했다고 생각했습니다. 이게 첫 번째 순진함이었습니다. 그리고 열심히 노력하면 그 흠을 메워서 맑고 평화로운 어른의 세계에 도달할 수 있을 거라 믿었던 것이 두 번째 순진함입니다.

그보다도 조금 더 나이를 먹은 지금은 매끈한 어른의 장막 아래 혼자 앉아 있는 기분입니다. 큰 바람이 불면 흠이 드러나지만 일단은 장막을 치고 있습니다. 그리고 이제 우리는 서로의 장막을 들출 이유가 없습니다. 시간도, 의무도, 여유도, 기회도 전부 없습니다. 모두가 바쁜 어른이기 때문입니다.

그게 무서운 것입니다. 장막 아래서 흠이 커지기만 할까 봐. 그 흠에 내가 잡아먹힐까 봐. 장막을 뚫고 나올 정도로

커질까 봐. 그땐 이미 소중한 것을 잃고 난 다음일까 봐.

공포를 조금 더 자세히 얘기해도 될까요.

그러니까 이런 것입니다.

어리석음을 반복하고

나도 모르는 새 무언가가 깎여나가고

무슨 짓을 저질렀는지를 깨달은 후에는

아무것도 되돌릴 수 없고,

언젠가 누군가가 흠에 맞는

마음의 조각을 건네주었고,

그 조각은 그의 망설임과 배려,

인내와 사랑만큼 반질거리고 있는데,

그것을 받아든 순간

그 마음을 영원히 잃게 되고,

그렇게 받은 조각으로도
결국 흠을 메울 수 없다는 것이

현재 저의 가장 슬프고
두려운 공포입니다.

몇 번의 슬픈 일로 알게 된 것이 있습니다. 사랑하는 사람들과 혼돈 속에 엉켜 상처를 주고받으며 함께 성장하는 시간은 지나가버렸는지도 모른다는 것을.

제 오른쪽 골반이 아픈 이유는 제가 줄곧 다리를 꼬고 앉기 때문이었습니다. 스튜디오에 상당한 금액을 지불하고 몇 회의 수업을 가지고서야 알게 되었습니다. 선생님은 수업 시간 내내 제 몸을 보고, 제 호흡을 보고, 제가 아무리 싫은 표정을 지어도 허리를 더 굽히라 하고, 쓰지 않는 근육을 쓰도록 다그칩니다. 아무도 그런 귀찮은 일은 해주지 않는데 말입니다. 학원에 가면 그 잔소리를 계속 들을 수 있습니다. 참으로 합리적인 세계입니다.

전 요즘 당신께 보내는 편지에 대해 자주 생각합니다. 어떤 글을 쓰고 싶은가, 어떤 글을 써도 되는가, 어떤 글을 써야 하는가. 글은 참 어렵네요. 너무 많은 것이 드러나버리잖아요. 음악이 어렵다고 생각했는데 글이 더 한 것 같습니다.

응달의 고사리 같은 저는 이런 상상을 합니다. 제 못난 부분이 낱낱이 글자가 되어 당신께 전해지는 상상을요. 필라테스 선생님과 다르게 당신은 메일 창을 닫거나, 책장을 덮고 그렇게 우린 끝이겠죠. 그래서 저는 어떻게 하기로 했냐면,

별수 없는 마음으로 계속하기로 했습니다. 다리를 꼬고 있으면 골반은 계속 뒤틀릴 테고, 근육은 쓰지 않으면 금방 굳을 테고, 제 생각도 그렇겠죠. 섬같이 지내는 저는 더

욱 그럴지도요. 경계하지 않으면 이 편지도 단숨에 끔찍한 헛소리로 뒤덮일지도 모릅니다(이미 제 트위터는 그렇습니다).

근육은 늘리면 아프고, 스스로를 의심하면 골치가 아픕니다. 하지만 놓아버릴 순 없으니까요. 지금은 이 모양이지만 언젠가는 유연해져서 손바닥이 바닥에 닿을지도 모르지요. 순진한 마음은 참 좋지 않나요. 제게는 특별한 자신도, 확신도 없지만, 그래도 당신과 꼭 함께 가고 싶은 장소가 있습니다. 그래서 올해도 당신께 편지를 씁니다. 새해 복 많이 받으세요.

당신의 유연한 골반과
작은 웃음을 기원하는
오지은 올림

완벽한 결혼식에 대하여

푸껫에 다녀왔습니다. 이런 말을 하면 어딘가 켕기는 기분이 듭니다. 개인적 특성일까요. 민족적 특성일까요. 푸껫의 화창한 햇살을 사치스럽게도 살짝 피해 선베드에 누워 핸드폰을 열었더니 처음으로 본 뉴스가 "오늘이 올겨울 들어 가장 추운 날"일 때, 어서 일어나야 할 것 같습니다. 고도의 약올림이 아닙니다. 응달에 사는 고사리의 복잡한 마음입니다.

호사로운 시간의 명분은 사촌동생의 결혼식입니다. 그가 1년간 준비한 결혼식은 몹시 흥미로웠습니다. 글쟁이가 이런 글감을 놓칠 리가 없습니다. 이래서 글쟁이 주변에는 사람이 없어진다고 하던데…… 그래서 먼저,

최선을 다해 행복한 순간을 만든
강하고 똑똑하고 아름다운 나의 사촌동생에게
내 모든 사랑과 축복을 보냅니다.

자, 그럼 이제 이틀간 떠오른 수많은 생각을 당신과 나눠보겠습니다.

사촌동생 A는 호주에 삽니다. 워킹홀리데이를 마치고 정착하였습니다. 간호사로 일하면서 멋지게도 석사 과정

까지 밟고 있습니다. 저같이 게으른 사람이 보기엔 위인입니다. 저는 부산에 있는 외할머니댁에서 1년간 산 적이 있는데 그때 전 고3, 그는 초등학교 5학년 생이었습니다.

그는 아주 활기차고 좋은 의미로 히스테릭한 아이였습니다. 예민하고 기운이 넘쳤지요. 그가 구몬수학을 하지 않기 위해 질렀던 악다구니가 기억이 납니다. 저는 공벌레처럼 누워 있다가 그를 찾아오는 같은 반 남자아이들을 그의 방으로 안내해주거나, 그가 구몬수학을 마치고 저와 놀아주길 기다리곤 했습니다.

그를 생각하면 태어난 지 며칠 되지 않았을 때 하얀 아기 옷을 입고 하얀 모기장 안에 누워 있던 작디작은 모습과 스무 살이 넘어 검은 미니스커트에 빨간 립스틱을 바르고 절 만나러 왔던 모습이 함께 떠오릅니다. 저는 예전에 더 짧은 옷을 입고 더 짙은 눈화장을 했던 주제에 (아니면 오히려 그래서 더) 그를 걱정하는 말만 해서 그날의 만남을 재미없게 만들었습니다. 어쭙잖은 연장자 흉내였지요. "아이구 네가 아기 때 장독대 위에 올라가서~" 이야기만 반복하는 동네 아주머니와 다를 바가 없었습니다. 역시 나이가 드는 순간은 나보다 어린 사람을 만날 때인 것 같습니다.

그의 어머니이자 저의 막내 이모는 엄격한 국어선생님이어서(이선희 같은 스타일입니다) 그의 끼를 감당하기 힘들었을 것입니다. 많은 순간 서울에서 온 사촌언니 탓을 했다고 알고 있습니다. 공부는 안 하고 요상한 팝송만 듣고 〈온스타일〉만 하루종일 보고…… 저의 원죄는 그가 호주에서 성공적으로 자리를 잡았을 때 비로소 용서받았습니다. 그런 A의 결혼입니다.

전날은 칵테일 파티였습니다. 다음 날 결혼식이 열릴 리조트의 바에 도착해보니 덩치가 큰 서양인들이 손에 술잔을 들고 신나게 이야기 중이었습니다. 신랑의 가족과 친구들, 즉 호주 사람들이었습니다. 두 개뿐인 소파에 앉아 있는 사람들은 전부 신부측 가족, 그러니까 나의 가족, 한국인들이었습니다. 제가 나타자나 엄마는 박수를 짝짝 쳤습니다. 티는 안 내도 어지간히 갑갑했나 봅니다.

A는 몸에 딱 붙는 멋진 검정 드레스에 상아색 에나멜 구두를 신고 있었습니다. 비슷한 것을 아소스라는 사이트에서 3만 원에 산 저는 반가운 마음에 "와, 그거 혹시 아소스에서 샀어?" 하고 물으니 "언니야 이거 지미추다"라는 답이 돌아왔습니다. 에고고, 지은이 언니는 점점 더 멋이 없어지기만 하네요.

생각보다 엄마와 이모들은 의연히 앉아 있었습니다. 이메일에 적혀 있던 드레스 코드대로 여름 정장에 구두를 갖춰 신고요. 엄마가 농담을 건네왔습니다. "앉아 있는 사람은 전부 한국 사람들이다, 그치?" "아휴, 엄마 저 사람들은 우리랑 피지컬이 달라요. 출산하고 찬물 샤워하는 사람들이잖아요. 그리고 한국 사람들은 좌식 생활이에요. 데이돈 노우 좌식."

신나게 웃고 떠드는 호주 사람들에게 경쟁심이라도 느꼈던 걸까요. 저도 모르게 괜히 오버해서 크게 말했습니다. 항상 그렇듯 아무도 시키지 않았는데.

시간이 지나고 피로가 역력해 보이는데도 엄마와 이모는 룰을 지키려는 듯 꼿꼿이 앉아 있었습니다. 알고 보니 하루 종일 과일과 태국 컵라면만 먹었다고 합니다. 이 어머니들이 알아서 룸서비스를 시켜 먹을 순 없었겠죠. 양해를 구하고 먼저 방으로 이동해서 똠얌꿍, 팟타이, 마르게리타 피자까지 잔뜩 시켰습니다. 푸껫에서 가장 좋다는 풀빌라는 호화로웠고 음식을 가져다준 직원은 친절하게도 개인 수영장에 자쿠지 기능이 있다는 사실을 알려주었습니다. 저는 그에게 조용히 다가가서 말했습니다. "저기 욕조 뒤에 바퀴벌레 좀 잡아주세요." 식사를 마친 후 둘째 이모가 슬리퍼를 이용하여 한 마리를 더 잡았습니다. 크고 반지르르하고 건강해 보이던 푸껫의 바퀴들. 그런 소동 속에 내일 딸을 결혼시키는 막내 이모는 연한 미소와 깊은 눈으로 검은 바다를 보고 있었습니다.

결혼식 당일 하늘은 그림 같았습니다. 진부한 표현이지만 정말 그랬기 때문에 저런 하늘을 그리려면 물감의 색을 어떻게 써야 하나 한참 생각했습니다. 결혼식은 총 여덟 시간으로 예정되어 있었습니다. 전날 신랑에게 "뭐야, 여덟 시간이라니 무슨 직장이야?" 하고 농을 던졌는데 "그보다는 재미있길 바라." 하고 배시시 웃는 신랑의 모습에서 또 농담에 실패했다는 걸 알았습니다. 설마 제가 이 결혼식에서 맡은 역할은 주책 수다쟁이 사촌인 걸까요. 영화에서 이런 사람 자주 보았습니다. 그런 친척 캐릭터가 한 명씩 있던데, 그게 나라니.

결혼식장은 리조트에서 가장 높은 곳, 하늘과 바다가 서로 다른 푸른빛으로 만나 세상이 온통 파랗던 장소에 있었습니다. 짙은 색 나무바닥, 하얀 아치 옆에 하얀 꽃, 해자처럼 물이 식장의 가장자리 전체를 두르고 있었습니다. 식이 끝나고 다 같이 뛰어들면 재미있을 텐데, 하고 생각했습니다. 남국의 셔츠를 입은 주례, 신랑이 먼저 들어와 서고, 베스트맨들이 들어와 서고, 신부 들러리들이 제비꽃색 드레스를 입고 등장했습니다. 그리고 신부가 하얀 드레스를 입고 등장하자 그 모습에 신랑은 눈물을 쏟았습니다. 너무 진심으로 울어서 콧물이 주룩 나왔습니다. 저는 그 순간 이 결혼식이 너무 좋아졌습니다.

서양에는 결혼식 당일에는 아무도 신부를 볼 수 없다는 풍습이 있다면서요? 저는 이번에 처음 알았습니다. 안내를 보고 왜 그렇게까지 할까, 하고 생각했지만 신랑의 콧물을 보고 그 이유를 알게 되었습니다. 겪어봐야 아는 것이 있지요. 모두가 탄성을 터뜨렸습니다.

결혼식은 영어와 한국어 반반으로 진행되었습니다. 두 사람이 적어온 '서로를 사랑하는 이유, 선택한 이유'를 듣는 일은 하나도 지루하지 않았습니다. 여기 두 사람이 하고 있는 사랑은 저런 모습이구나, 하고 알 수 있어 좋았습니다. 간간이 웃음도 박수도 나왔습니다. 계속 울고 있는 남자는 누군가 했는데, 신랑의 막냇동생이었습니다. 저렇게까지 울 일일까, 했는데 조금 지나 제가 그렇게 울고 있었습니다. 또 하나 겪어보고 알았고요, 힐끔 보니 다른 가족들도 몰래 눈물을 훔치고 있었습니다. 그런 마음만 모인 결혼식이었습니다.

제게도 결혼식 날이 있었습니다. 결혼식을 하기로 마음먹은 순간부터 스스로가 납득할 수 있는 이유를 찾기 위해 노력했습니다. 겨우 찾은 명분은 '한 사람과 관계를 오래 가지겠다는 생각은 허약하기 때문에, 많은 사람들이 기를 모아주는 행사' 그리고 '많은 사람 앞에서 선언하는 일의 무게감' 정도였습니다. A의 결혼은 달랐습니다. 그의 결혼식은 '내가 가장 행복한 순간을 마음껏 사랑하는 사람들과 나누고, 더욱 행복해지는 것'이었습니다.

A에게는 어떻게 이게 가능했을까, 왜 여기서는 어려울까, 많은 사정이 있다는 것을 이제는 압니다. 하지만 이번에 새삼 궁금해진 것이 있습니다. 행복하고 싶다고 모두 말하지만, 마음껏 행복해하는 사람이 나타나면 묘하게 불

편하게 여기는 분위기는 왜 생기는 걸까. 이런 생각을 하며 물에 발을 담그고 석양을 보았습니다. 아름다웠습니다. 사촌언니가 그 모습을 사진으로 찍었습니다. 예쁜 사진이기에 인스타그램에 올렸다가 바로 '올겨울 들어 가장 추운 날씨……'라는 헤드라인이 떠올랐고 저는 삭제 버튼을 눌렀습니다.

식은 이어졌습니다. 저녁 식사를 하기 위해 이동합니다. 오늘 제 역할은 주책맞은 사촌 말고도 이모들과 엄마를 챙기는 것이기도 합니다. 기본적으로 영어로 진행되었기 때문입니다. 식사 전 잔디밭에서 '행잉아웃' 하는 분위기가 조성되었습니다. 갑자기 행잉아웃이라니, 쉽지 않습니다. 먼저 앉아 있을까? 하고 식당에 들어가니 신부가 힘차게 들어와서 지금은 나가 있는 순서라고 말을 합니다. 그렇지, 그는 오늘의 프로듀서지. 무안한 기분으로 밖으로 나가니 이번엔 웨딩플래너가 어서 들어가라고 합니다. 어딘가 조금 심술이 납니다.

요리는 근사했습니다. 흰 트러플 소스를 끼얹은 요리가 나왔고 와인은 계속 새로 채워졌습니다. 축사의 시간이 왔습니다. 국어선생님인 막내 이모는 본인의 글을 보여준 적이 한번도 없습니다. 글을 너무 사랑해서일까, 하고 멋대로 추측해봅니다. 그런 이모가 쓴 딸에게 보내는 편지는 몹시 아름다웠습니다. 신랑 아버지의 축사는 유머가 가득했습니다. 사실 뜻도 모른 채 분위기에 따라 하하하, 웃었는데 나중에 신부의 친구가 번역 버전을 읽어주어 제대로 웃을 수 있었습니다. 진짜 하하하!

신랑과 신부의 편지를 듣는 시간이 왔습니다. 저는 A에게 새삼 놀랐습니다. 그가 편지를 읽으며, 또 신랑의 낭독을 들으며 눈썹을 움직이는 모습, 농담의 사용법, 어깨와 얼굴 근육을 쓰는 법, 머쓱할 때 팔을 사용하는 방법이 전부 서양인의 방식이었기 때문입니다. 순간 작은 실망감이 제 안에 피어올랐습니다. 나의 동생이 호주에 가버렸다는 것을 처음으로 강하게 실감했습니다. 그리고 놀랐습니다. 그녀의 아이라인이 살짝 떠 있는 것을 보고, 저렇게 그릴 거면 꼬리를 더 빼지, 하며 저도 모르게 흠을 잡고 있던 스스로에게요.

몇 분 뒤 그가 한국어로 편지를 읽기 시작했고 그 모습은 제가 아는 사촌동생 그대로였습니다. 저는 안도했고 부끄러워졌습니다. 호주 땅에 적응하고 녹아들려고 얼마나 노력을 했을까. 그런 노력은 말하는 투와 몸짓에 가장 많이 반영되는데, 저 또한 일본에 살았던 적이 있어서 압니다. 한동안 '네'라는 말 대신 '하이!'라는 말이 튀어나와서 지적을 받거나 웃음거리가 됐던 적이 있습니다. 그랬던 제가 이런 생각을 하다니요. 역시 단속하지 않으면 줄줄 새는 것이겠지요.

마지막은 '신부와 신랑의 첫 댄스'라는 순서였습니다. 그래, 어떤 영화에서 본 것 같습니다. 하지만 우리가 하객 역할을 잘할 수 있을까? 좋은 병풍이 될 수 있을까? 제 생각은 기우였습니다. 우리 가족은 부산 사람들인 것을……

어스 윈드 앤 파이어의 〈셉템버〉가 나오고 신나는 브라스 소리에 가족들은 일제히 불을 뿜었습니다. 엄마가 이렇게 춤을 잘 추는 사람이었다니. 저는 비욘세의 〈크레이지 인 러브〉에 맞춰 엉덩이를 털었습니다. 밤이 깊어갑니다. 멀리서 모두를 바라보는 막내 이모의 눈동자가 촉촉합니다.

결혼 한참 전에 A에게 연락이 왔습니다. 하객 리스트를 정할 때였습니다. 마음을 정했어도 실천이 어려웠겠지요. "언니야, 30명이다." 자신의 인생에서 30명을 고르는 일. 그리고 30명에 들지 못한 사람들에게 원망의 말을 듣는 일. 남들이 가는 편한 길에는 없는 것. 내가 만들어가는 길에 따르는 대가.

결혼식을 앞두고 이런 충고를 들은 적이 있습니다. 섭섭해하니까 일단 모두 초대해. 올지 안 올지는 그쪽이 정하게 해. 그래서 '뭘 나한테까지 연락을 하지. 축의금이 그렇게 받고 싶나?' 하고 생각할까 봐 두려우면서도 사람들에게 연락을 했습니다. 그렇게 했는데도 누락된 사람이 생겨서 얼마나 사과를 했는지 모릅니다. 한국에서 결혼식을 A처럼 하려면 헤쳐나가야 할 일이 많을 것입니다. 일단 부모님 세대의 정서를 잠재워야 하고, 부모님의 일생일대의 프레젠테이션을 없애버려야 하고, 부모님이 그간 냈던 축의금에 대한 합의를 해야 하고(어떻게?) 결혼식장의 대관 시간이 평균 두 시간이라는 것을 고려해야 하며, 무엇보다 어찌되었든 밥심의 민족, 하객들에게 식사에 대한 불만이 없어야 하고…… 결국 가장 어려운 것은 '30명을 고른다는 것'이겠지요. 진짜로 중요한 것을 고르고 택하는 것은 큰 용기가 필요한 것 같습니다. 아주아주 큰 용기요.

제 결혼식은 실패였다고 생각합니다. 식이 끝나고 저는

한 달간 혼자 교토에 가서 지냈습니다. 내상이 컸기 때문입니다. 어쩔 수 없다고 생각했던 것들이 전부 상처로 남았습니다. 다들 괜찮을 텐데 결국 내가 유난이구나, 하며 억눌렀기 때문일까요. 저는 공연 때처럼 붉은 립스틱을 바르고, 머리를 풀고, 닥터 마틴을 신는 정도밖에 하지 못했습니다. A는 결혼식을 1년간 준비했다고 합니다. 자신이 진짜로 행복할 수 있는 길을 관철시키는 데 들인 시간입니다. 그 덕분에 식에 참석한 사람들도 그 행복을 함께할 수 있었습니다.

사람들은 세상이 바뀌길 원합니다. 그리고 그것이 다음 세대에 이루어지길 바랍니다. 본인이 직접 하기엔 너무 험난할 것 같기 때문입니다. 하지만 험난한 길을 간 사람 덕에 다음 세대가 조금 더 편해지겠죠. 그래서 자세하게 적어보았습니다. 어지러운 생각을 함께 나누고 싶어서요. 읽어주셔서 감사합니다. 그리고 다시 한번 사랑하는 동생에게 축복을.

그래도 그 나이에

〈섹스 앤 더 시티〉를 보게 한 건

좀 잘못했다고 생각하는

사촌 언니 올림

박완서에 대하여

요즘 박완서의 책을 읽고 있습니다. 갑자기 다른 얘긴데 이럴 땐 박완서, 하고 감히 이름만 불러도 되는지 고민이 됩니다. 박완서 작가라고 해야 할지, 또는 박완서 님, 또는 박완서 작가님, 또는 박완서 선생님……

작가라는 표현을 쓰자니 책을 읽고 있다고 이미 말했는데 굳이? 하는 생각이 듭니다. 책을 쓴 사람이 작가니까요.

박완서 님이라는 존칭은 이 편지가 당신을 향하고 있는 것이기에 제삼자를 높이는 것은 맞지 않다고 생각합니다. '헤밍웨이를 읽는다'라고 하지 '헤밍웨이 작가의 글' 또는 '헤밍웨이 님의 책' 이런 말을 하진 않으니까요. 한국어의 세계 어렵습니다. 여하튼 박완서의 책을 저는 요즘 연달아 몇 권 읽고 있답니다.

새삼 신기합니다. 어떻게 지금까지 박완서의 책을 읽을 생각을 하지 않았을까요. 핑계를 대보자면 1990년대의 분위기가 그랬습니다. 하루키를 읽고, 조금 더 나아가 레이먼드 카버를 읽으면 멋지다는 소리를 듣던 시대. 허무, 세기말, 아무것도 아닌 것, 개인, 고독, 소외! 그런 10대를 보내고 어른이 되어 위대한 애니 프루와 앨리스 먼로를 읽고 속이 시원해졌지만 어딘가 맞춰지지 않은 조각이 있었습니다.

역할모델에 대해 자주 생각합니다. 조금 유치하게 말하면 '영웅'일지도 모르겠습니다. 삶의 갈림길에서 그 사람이라면 어떻게 할까, 하고 떠올려보는 것만으로도 많은 것이 쉬워지는 느낌이 듭니다. 닿지 못해도 저멀리 빛이 보이는 것만으로도 용기가 됩니다. 미시적인 부분에서도 도움이 됩니다. 저 사람의 말투, 저 사람이 난처함을 피하는 방식, 정면으로 극복하는 방식, 심지어는 무례함에 대처하는 방법까지, 많은 것이 생활의 영감이 됩니다. 저는 오랫동안 그런 존재를 찾았습니다.

영감을 주는 훌륭한 여성은 많습니다. 하지만 아직 미디어가 보여주는 모습은 한정적이라고 생각합니다. 저는 이럴 때 한숨이 납니다. 프로그램의 진행자와 패널이 전부 남성이고 여성은 딱 한 명일 때, 다음 시즌에 그마저도 다른 새로운 여성으로 바뀔 때, 이럴 때에도 한숨이 납니다. 선녀 같은 젊은 여성과, '아줌마'이지만 여전히 선녀 같은 외모를 가지고 있는 사람과, '할머니'인데도 어딘가 선녀 같은 구석이 있는 사람이 미디어에 선택받는 비율을 생각할 때에도. 영화를 볼 때 가장 크게 한숨을 쉽니다. 여성이 주인공(남성)의 각성을 위한 도구로 쓰일 때, 그리고 처참한 마지막을 맞이할 때, 그 와중에 옷이 벗겨져 있을 때, 그걸 계기로 주인공 남성이 완전한 존재가 될 때.

그러다 한숨의 방향을 제 쪽으로 돌리면 이런 생각이 듭니다. 딱 한 명뿐인 자리에 나는 갈 수 있을까? 나는 선녀가 아닌데. 시간이 지날수록 더욱 그쪽과는 멀어질 텐데. 무사히 나이를 먹는다 해도 인자하고 현명한 할머니가 될 자신이 없는데. 제가 힘겹게 저 자신과의 문제를 해결하고 문밖으로 나가도 가끔은 세상이 이렇게 말하는 것 같습니다. "도로 들어가셔도 됩니다. 저는 당신이 필요 없거든요."

생각이 이렇게까지 흐르는 이유는 아마도 제 직업 때문일 것입니다. 운이 좋게도 따뜻하고 귀한 말을 들으며 살아왔지만 이상하게 뾰족한 말들이 남았습니다. “결혼한 다음에 낸 음악은 안 들어.” 마치 해변에 남겨진 쓰레기처럼요. 제 그릇이 작은 탓이겠지요. 그 순간에 집착해봐야 저만 손해일 것입니다. 하지만 여러 번 비슷한 일을 겪으면 의문이 듭니다. 결혼을 하면서 정말 나는 능력을 잃었을까. 혹시 나만 모르는걸까. 그나저나 그 말을 한 사람은 왜 그렇게 생각했을까. 결혼이라는 딱지는 여성의 경우에는 어떻게, 남성의 경우에는 어떻게 붙을까. 어떻게 다르게 작용할까. 그런 뻔한 것들이요.

그래서 더 역할모델을 찾았는지도 모르겠습니다. 나이를 먹어도, 결혼을 해도 또는 안 해도 여튼 그런 건 역량과 상관없다는 것을 증명해줄 사람들, 그리고 이런 의문에 이미 현답을 내린 선배의 존재를요. 영감을 주는 훌륭한 여성은 많습니다. 옛날에도, 지금도, 바다 건너 멀리에도, 어디에나 항상 있습니다. 하지만 저는 조금 더 원했습니다. 넷플릭스에서 호쾌한 흑인 할머니 캐릭터를 보면 기분이 좋아집니다. 그는 마음에 들지 않는 사람의 눈앞에서 딱딱

스냅을 칩니다. 깔깔 웃고 나면 약간 씁쓸해집니다. 이 땅에 사는 나는 저렇게 할 수 없는데. 퍼즐에는 아직 빈 자리가 있습니다.

다행히 조금씩 보였습니다. 사노 요코의 글을 읽었을 때 그랬습니다. 눈이 번쩍 뜨이는 것 같았습니다. 매콤한 할머니. 인자한 구석이 한 톨도 없어 정말 반해버렸습니다. 주위에 날카로운 만큼 스스로에게 더욱 잔인한 사람입니다. 사람을 사랑하고 삶을 사랑하기 때문에 그렇게까지 그 사랑을 지겨워할 수 있겠죠.

그다음 박완서의 산문집을 읽었습니다. 이렇게나 늦게 말이죠. 이 글은 김장을 하는 사람의 글, 한국에서 딸을 키우는 사람의 글, 한국 남자를 아내로 둔 사람의 글, 그리고 대문호의 글이었습니다. 모던하고 매서운 여성의 글. 같은 땅에 사는 같은 정서의 사람이 적은 글. 툭툭 던지는 글. 반함을 넘어서 어떤 완전함을 만난 기분이었습니다.

박완서의 산문집 《못 가본 길이 더 아름답다》는 2010년에 나온 책입니다. 1970년대의 글도 아니고, 버스에 안내양이 있던 시대의 글도 아니고, 저와 같은 시대를 살던 박완서의 글입니다. 작가 박완서는 김연수의 책을 읽기도 하고, 레이먼드 카버의 책을 읽기도 합니다. 약속 시간이 뜰 때는 멀티플렉스 영화관에도 갑니다. 젊은 척을 하는 것이 아닙니다. 그냥 1931년생 박완서로 현재를 살아갈 뿐입니다. 그는 이 책에서 레이먼드 카버를 읽은 감상을 이렇게 적어 두었습니다.

"인간관계가 어쩌면 저렇게 끈적끈적하지 않고 맨송맨송한지, 요새 젊은이들이 지향하는 '쿨'하기가 혹시 저런 건지. 생각을 굴려보게 되었다."
"낫또가 된 콩처럼 끈끈한 줄을 끌고 다녀야 하는 우리네 인간관계도 지겹지만, 저들도 참 재미없게 사는구나 싶은 게 그 소설을 읽는 재미였다."

솔직한 감상에 웃음이 났습니다. 그러다 〈별것 아닌 것 같지만, 도움이 되는〉이라는 단편을 읽은 이야기를 합니다. 저도 그 단편을 참 좋아합니다. 아니 좋아한다고 말할 수 없을 것 같습니다. 그 글을 생각하면 마음이 힘들고 이상해집니다. 그런 기분을 좋아한다고 표현해도 될지 잘 모르겠습니다.

박완서는 몇 페이지나 그 단편의 줄거리를 이어갑니다. 대 작가가 요약한 줄거리이니 그 자체의 재미도 있습니다. 그러다 마지막에 자신의 아주 슬픈 이야기를 툭 던지고 이렇게 글을 맺습니다.

"삶이란 존엄한 건지, 치사한 건지 이 나이에도 잘 모르겠다."

저는 모르겠다는 말의 힘에 대해 자주 생각합니다. 저는 모르는 것이 아주 많습니다. 달리 말하면 아는 것이 별로 없습니다. 가끔은 단정적인 말투를 쓰고 싶어지기도 합니다. 모르겠어요…… 하고 끝을 흐리는 것보다 이렇다구요! 하고 느낌표를 쓸 때의 쾌감이 있기 때문입니다. 모르겠다는 말을 거듭하면 못난 점을 드러내는 것 같아 불편해지기도 합니다. 하지만 결국 모르겠으니까요. 그렇게 적는 수밖에 없습니다. 그러다 이런 자신이 비겁하게 느껴지기도 합니다. 복잡하지요.

그런데 독자로서 '모르겠다'는 말을 접할 때 왜 용기가 나는지 모르겠습니다. 모르겠다는 말은 어쩌면 스스로의 작음을 인정하는 말이고, 스스로가 작게 보인다는 것은 세상을 크게 보고 있다는 증거일지도요. 왜냐하면 커다란 사람이 그렇게 말을 할 때, 그 사람의 눈을 빌려 저도 잠시 큰 세상을 보는 기분이 들기 때문입니다. 그럴 때 '모르겠다'란 말은 미궁이 아닌 지도처럼 느껴집니다.

박완서는 여자아이들이 교육을 잘 받지 못하던 시대에 태어나 서울대학교 국문과에 입학합니다. 그리고 한 달 뒤에 한국전쟁이 터집니다. 생활고를 겪고 결혼을 하고 아이를 키우고 글을 씁니다. 다니지 못한 대학에 대한 마음이 글에 콕콕 박혀 있습니다. 그의 글 안에는 많은 시대와 입장이 섞여 있는데 특히나 페미니즘에 대해 그렇습니다.

《쑥스러운 고백》은 박완서가 1970년대에 쓴 글을 모은 책입니다. 이 책에 나오는 그의 여성관에 현재의 제가 완전히 공감할 수는 없습니다. 그는 여성이라는 단어가 이름 앞에 붙은 단체는 싫다고 잘라 말하기도 하고, 여성운동이 쇼 같다는 말도 합니다. 하지만 동시에 이런 말이 적혀 있습니다. "똑똑한 인간이 대우받을 수 있는 사회가 실현되어 똑똑한 여자도 똑똑한 인간이 받는 대우만큼만 받고 살면 될 게 아닌가."

〈여자와 맥주〉라는 글에서는, 본인에겐 여자가 무슨 술이냐며 맥주를 마시지 못하게 해놓고는, 딸들에겐 청량음료니 한잔 받으라고 권하는 남편을 두고 이렇게 말합니다.

"어쩌면 편리한 건 맥주가 아니라 그의 여자에 대한 편견일지도 모르겠다. 자기 아내는 과거의 편견 속에 가두어

두고 싶지만, 딸들만은 자유롭게 길러 우리 아빠 최고란 소리를 듣고 싶은 모양이다."

정말 모던한 사람입니다. 그게 왜 그렇게 위로가 되던지요. 모던하고 현명하고 매서운 한국 여성. 그리고 이제야 이 글을 읽고 호들갑을 떠는 자신이 부끄러워집니다.

저는 박완서 님께(결국 존칭을 붙이게 되는군요) 큰 위로를 받았습니다. 그는 같은 입장일 수는 없어도 상황을 곧게 보고 이해하려고 했던 어른이었고 누구보다도 쿨한 한국어 문장을 쓰는 사람이었고 참 멋진 한국의 아줌마였습니다.

저는 그가 경동시장으로 고추를 사러 가서 800원을 깎고 지하철 몇 정거장을 걸어온 후 돌아오는 길에 천몇백 원짜리 화분을 산 이야기를 좋아합니다. 구질구질한 이야기를 구질구질하게 적었기에 결과적으로 그 글이 어느 위스키 바에서 재즈를 듣는 이야기보다 몇 배는 쿨하다고 생각합니다.

다시금 이 호들갑이 부끄러워집니다. 너무 늦은 독서라서요. 하지만 부끄러운 부분을 드러내는 것이 제 담당이니 용기를 내어 편지를 띄워봅니다.

제가 받은 위로와 용기와 편안함을

당신도 얻길 희망하며

오지은 올림

열두 번째 편지

2월이 끝나갑니다. 드디어 패딩점퍼를 벗을 수 있는 시기가 옵니다. 저는 11월부터 지금까지 한 패딩만 입고 지냈습니다. 저렴한 브랜드에서 산 남성용 패딩입니다. 엉덩이가 완전히 덮인다는 점과 허리선이 들어가지 않은 점이 마음에 들었습니다. 이걸 입고 뒤에 달려 있는 모자까지 푹 쓰면, 전 정말 밖에 나오는 것이 귀찮고 힘이 들었는데 이렇게 또 힘을 내보았습니다요, 하고 세상에게 말하는 기분이 들었습니다. 멋을 내고 싶은 기분이 정말 요만치도 들지 않는 겨울이었습니다.

그 점퍼를 입고 저는 지금 이탈리아의 시칠리아섬에 와 있습니다. 출발 전에 점퍼에 코를 대고 킁킁거려보니 꼬릿꼬릿한 냄새가 나는 것 같아 세탁기에 시원하게 한번 돌려 입고 왔지요. 지금은 어째 그때보다 더 꼬릿꼬릿한 냄새가 나는것 같습니다.

이번 여행은 제 첫 배낭여행입니다. 문자 그대로의 배낭여행, 정말로 배낭을 메고 다니는 여행입니다. 이 여행을 위해 커다란 배낭을 새로 샀습니다. 왠지 그렇게 해보고 싶었습니다. 청바지 하나, 맨투맨 티셔츠 하나, 거의 같은 복장으로 양말만 갈아 신으며 다녔습니다.

지금까지 저는 트렁크를 끌고 한 도시에 최대한 오래 머무는 여행을 좋아했습니다. 여행자의 욕심 중에 최대한 현지인처럼 지내고 싶다는 마음 있잖아요. 그래봤자 2주짜리 단골 카페가 생기는 정도지만요. 그런데 이번엔 조금 다른 여행을 하고 싶었습니다. 계속 짐을 싸고 푸는 여행. 예쁜 나라, 예쁜 장소, 예쁜 풍경. 그저 예쁘고 좋은 것을 계속 보고 싶었습니다.

갑자기 쌩뚱맞은 얘기를 하나 해도 될까요. 제게는 빙빙 돌아가는 습성이 있습니다. 당신은 어떤가요. 좋아하는 것을 만났을 때 솔직하고 투명하게 좋아할 수 있는 사람인가요. 그렇다면 부럽습니다. 언젠가 운이 좋게도 별이 쏟아지는 밤하늘을 본 적이 있습니다. 미시령 고개를 넘을 때였습니다. 그때 전 악, 하고 소리를 지르며 차 안으로 바로 들어가 버렸습니다. 너무 아름다웠기 때문입니다. 거대한 별하늘을 바라볼 수가 없었습니다. 웃긴 부분은 그 별하늘이 다시 보고 싶어 몇번이고 미시령에 갔다는 것입니다. 그리고 그런 밤하늘을 다시 만날 수 없었습니다.

그런 풍경을 언제까지고 바라볼 수 있는 사람이었다면 많은 것이 편해졌을까 궁금합니다. 빙빙 돌아가지 않고 처음부터 투명하게 좋아할 수 있다면 무언가가 바뀌었을까요. 그게 궁금해서 친구들이 더 좋은 트렁크를 사는 타이밍에 배낭을 샀을지도 모르겠습니다.

여행의 루트는 이랬습니다. 오스트리아 비엔나에서 출발해서 알프스 지역으로 이동하여 스위스의 특급열차를 타고 마테호른이 있는 체르마트로 간 다음, 이탈리아로 남하해서 조금 이른 봄바다를 보는 것. 마지막 행선지는 이탈리아의 가장 남쪽에 있는 섬인 시칠리아의 카타니아.

어제는 여행한 지 딱 3주째가 되는 날이었습니다. 나폴리에 묵고 있던 저는 소렌토에 가보기로 했습니다. 문장으로 적으니 괜히 멋있는 것 같군요. '파주에 사는 저는 일산에 가보기로 했습니다'와는 많이 다른 느낌입니다만, 실상은 비슷합니다.

찾아보니 나폴리에서 소렌토로 가는 기차 노선이 있었습니다. 국철인 트렌이탈리아가 아닌 사철 노선이었습니다.

홈페이지가 잘 열리지 않을 때 알아봤어야 했는데…… 인터넷에 적힌 누군가의 글을 보니 이용객이 많으니 두 번째 역인 가리발디 역이 아닌 첫 번째 역에서 타면 좋다고 했습니다. 저는 잔꾀부리기를 좋아하기 때문에 첫 번째 역을 향해 숙소를 나섰습니다.

마침 역으로 가는 길에 미슐랭 별 하나를 받은 피자집이 있다는 정보를 보았습니다. 개똥을 피하며 열심히 걸었습니다. 전봇대에 붙은 조악한 공연 전단지를 한참 보았습니다. 누가 어떤 공연을 하는 걸까. 이 벽보 한 장으로 새로운 관객이 올까. 왔으면 좋겠다. 그들이 친구가 되었으면 좋겠다. 이런 순진한 생각을 하다가 사람들이 북적거리는 피자집을 발견했습니다. 어느 정도였냐면 가게 바깥에 스피커가 있었습니다. 대기 인원이 너무 많아서 번호를 부르는 용도의 스피커였습니다. 나폴리에 이런 가게가 또 있을까요. 한술 더 떠 가게 옆에 "돌체앤가바나는 여기를 사랑해"라고 적힌 현수막까지 걸려 있었습니다. 여기가 그 미슐랭 피자집이구나. 전 기가 죽어 맞은편에 있는 피자집에 들어갔습니다.

웨이터는 메뉴판을 테이블에 던졌고, 전 마르게리타 피자를 시켰습니다. 가게에는 어쩔 수 없이 여기에 왔다는 표정의 사람들뿐이었습니다. 피자는 금방 나왔고 웨이터는 피자를 들고 제 옆에 가만히 서 있었습니다. 아, 받으라는 뜻이구나. 저는 시험지를 받듯 공손히 피자를 받아 테이블에 놓았습니다. 피자는 맛이 없었고 전 꾸역꾸역 식사를 마쳤습니다.

울적한 기분에 단것이 먹고 싶어 눈에 보이는 카페에 들어갔습니다. 좁은 골목 안, 해가 들지 않는 위치여서 습하고 추웠습니다. 여기도 꽝이네. 자리에서 일어나는데 분위기가 좋은 피자 가게가 보였습니다. 작고 아담하고 따뜻해 보이는 피자 가게. 그리고 그 가게 문에서 빛나고 있는 빨간 별. 저것은 미슐랭의 별. 아뿔싸.

그러니까 전 엉뚱한 가게 앞에서 괜히 기가 죽어, 맛도 성의도 없는 피자 가게에서 피자를 먹은 것이었습니다.

조금만 제대로 보았다면 인생 최고의 마르게리타를 먹을 수도 있었을 텐데. 하지만 후회할 시간도 없었습니다. 기차 시간이 다가오고 있었으니까요. 기차를 타기 전에 화장실에 들를 생각이었지만 역에 도착하자마자 생각이 싹 바뀌었습니다. 무조건 역무원의 시야 안에 들어가 있자. 화장실이 중요한 게 아니야.

기차의 분위기는 제 예상과 많이 달랐습니다. 관광객으로 보이는 사람은 없었고, 반쯤 열린 창문으로 스산한 소음과 매캐한 터널의 공기가 들어왔습니다. 저 옆에 보이는 화산이 설마 베수비오 화산일까. 저 멀리 바다도 보이네. 하지만 마음의 여유가 없는걸요. 아무것도 눈에 들어오지 않습니다. 소매치기가 많은 노선이라는 말도 뒤늦게 떠오릅니다. 뭘 기대한거지? 왜 관광객들이 많이 타는 노선을 타지 않았지? 또 무슨 현지 느낌을 느끼고 싶었던거야. 소렌토에 도착할 즈음에 저는 녹초가 되었습니다. 핸드폰도 거의 방전 상태였습니다.

현대인은 낯선 곳에서 핸드폰이 방전되면 마음의 여유가 바닥이 납니다. (아닌가요? 저는 그렇습니다……) 소렌토의 바다도 보고 싶고 쉬고도 싶은 저는 형편없는 꾀를 냈습니다. 그래, 어플을 켜서 당일예약 할인 딱지가 붙은 숙소를 저렴하게 예약하자. 그리고 비스듬히 누워서 저멀리 바다에 석양이 지는 것도 보고 핸드폰도 충전하고 조금 누워 있다가 밤에 나폴리로 출발하면 되지 않겠는가. 안 그래도 밤기차 전까지 시간을 때울 곳이 마땅찮은 상황이었습니다. 저는 역 근처의 한 숙소를 예약하고 의기양양하게 걷기 시작했습니다.

도착해서 벨을 누르고 또 누르고 또 눌렀지만 답은 없었습니다. 결국 저는 그 건물에 들어가는 가족 틈에 끼어서 안에 들어갔습니다. 지금 생각해보니 무슨 스토커 같네요.

계단을 올라, 문 앞에서 벨을 누르고 누르고 또 눌렀지만 답은 돌아오지 않았고, 아고다에 나온 번호로는 전화가 걸리지 않는다고 하고, 해는 저물어가고, 핸드폰은 진짜 방전 직전이고 (아 좀!) 지칠 대로 지친 전 나폴리로 그냥 돌아가기로 했습니다. 전 소렌토에 대체 왜 온 걸까요? 기차에 타고 숙소에 이메일을 보냈습니다. 연락이 되지 않아 이용을 하지 못했으니 환불을 부탁드립니다. 창문 너머로 하늘을 보니 이번 여행 중 가장 아름다운 노을이 지고 있었습니다. 분홍빛의 요염한 노을이요. 제가 핸드폰 따위 잊고 터덜터덜 걸어서 소렌토의 아무 해변에나 갔다면 그 모습을 온전히 볼 수 있었겠지요.

의외로 답장은 빠르게 왔습니다. 너의 잘못이니 환불은 해줄 수가 없다는 내용이었지요. 뭐가 제 잘못인지 이해할 수 없었지만, 숙소에 따르면 너는 당일 예약을 했고, 당일 취소는 불가능하고, 고로 환불은 되지 않고, 연락이 될 때까지 기다리지 않고 일찍 떠난 건 제 사정이라는 이야기였습니다. 나무아미타불 관세음보살. 제발 남은 시간을 망치지 않게 해주세요. 제가 여기에 휩쓸리지 않게 해주세요. 전 차분하게 답장을 썼습니다. 당신이 전화를 받지 않아 난 숙소에 들어가지 못했다. 환불을 원한다. 하지만 다음 답장엔 이렇게 적혀 있었습니다. 노! 위 캔트 리펀드!

유어 폴트! 과도한 느낌표의 사용에서 남유럽의 에너지를 느꼈습니다. 저는 빠르게 마음을 접었습니다.

밤기차까지는 시간이 남았습니다. 뻘쭘하게 나폴리의 숙소로 돌아오니 거실에서 시간을 보내도 좋다고 합니다. 소파에 앉아 점퍼의 지퍼를 끝까지 올리고 이게 다 뭔가 생각했습니다. 아침도 점심도 저녁도 제대로 먹지 못하고 긴장만 하다가 소렌토의 바다도 노을도 제대로 보지 못하고 문도 못 열어본 숙소에 돈을 내고 돌아온 나. 어디부터 잘못된 걸까요. 택시를 기다리고 있는 제게 숙소 주인이 말합니다. 오늘부터 택시 파업이래. 어서 빨리 기차역으로 가. 지금 바로 서둘러.

어찌어찌 기차역에 도착했습니다. 소문대로 나폴리 중앙역은 살벌했습니다. 버거킹이 열려 있어 기뻤습니다. 어딘가 앉아서 밥은 먹을 수 있겠구나. 햄버거를 받을 때 점원이 말했습니다. 미안해, 내가 착각했어. 테이크아웃 온리. 나가.

역의 어디에 앉아 있어야 제일 안전하고 마음이 편할까. 45도 각도에 경찰이 보이고 옆 의자에 기차를 기다리는 가족이 앉아 있는 바로 저 벤치에 앉자. 햄버거를 꺼냈습니다. 꼭꼭 씹어 삼키고 있는데도 체하는 기분이었습니다. 감자를 하나 먹어보았지만 잘 넘어가지 않았습니다.

갑자기 수많은 키워드가 떠오릅니다. 야간 기차, 소매치기, 여권 분실, 아이패드 분실, 2인 침대칸, 코골이, 또는 나의 코골이 (그리고 그걸 듣는 오늘 기차칸 룸메이트의 짜증), 불면증, 기차 연착, 자다가 내릴 역을 놓치는 경우. 꼬리에 꼬리를 뭅니다. 그나저나 왜 기차 출발 예정시간 10분 전인데 승강장 표시조차 되지 않는지.

기차가 왔습니다. 왜 저 직원은 앞사람의 짐은 올려줬으면서 내 짐은 쳐다만 보는가. 설마 오늘의 키워드에 인종차별까지 끼어드는 걸까. 나무아미타불. 괜찮아, 괜찮아. 그리고 예약해둔 2인 침대칸에 들어갔습니다.

맙소사. 뽀송한 시트, 짐을 두기에 충분한 공간, 세면대, 깨끗하게 포장된 수건 그리고 꾸러미가 있어 풀어보니 세상에 수많은 용품이 들어 있었고…… 심지어 반짇고리가 있었습니다. 기차와 반짇고리입니다. 이것이 이탈리아? 단추가 떨어진 채로는 역에 내릴 수 없는 이탈리아? 심지어 눈앞에는 커다란 창문이 보입니다. 아까의 불친절한 직원이 문을 두드리고 무뚝뚝하게 말합니다. 오늘 이 칸 당신 혼자 쓰는 겁니다.

저는 일출 시간을 확인하고 알람을 맞추었습니다. 6시 35분에 한 번. 그리고 40분에 한 번. 그리고 문이 잠겨 있는지를 다섯 번 확인하고 지금까지 중 가장 편안한 잠에 빠져들었습니다.

알람 소리를 듣고 눈을 뜨니 창문 밖은 바다였습니다. 멀리 바다가 보이는 것이 아닌 그냥 바다 위였습니다. 이 밤기차 노선을 예약한 이유는 하나였습니다. 한 블로그에 이렇게 적혀 있었기 때문입니다. "아침에 시칠리아섬으로 넘어갈 때 보이는 바다가 환상적." 그걸 본 순간 이 구간을 이 여행의 하이라이트로 삼기로 했습니다.

다 이걸 위해서였어. 기차의 덜컹거리는 소리를 들으며,

하얀 시트에 누워서, 제대로 떠지지도 않는 눈으로 낯선 아침 바다를 보기 위해서였어. 전 황홀한 기분으로 다시 잠이 들었습니다.

저는 여행을 시작하기 전부터 시칠리아에 도착하는 순간을 당신께 편지로 쓰고 싶다고 생각해왔습니다. 무슨 일이 일어날지 알 수 없어도 왠지 그러고 싶었습니다.

나폴리에 가기 전, 피렌체에서 영화를 한 편 보았습니다. 에이미 애덤스가 주연한 〈컨택트〉입니다(원제는 〈어라이벌Arrival〉, 테드 창의 소설이 원작입니다). 그 모든 고통을 겪을지라도 당신은 삶을 살아갈 것인가요. 제가 그 영화에서 받은 질문은 그것이었습니다.

이번 여행의 첫 숙소, 비엔나의 아파트 주인은 제게 이렇게 말했습니다.

"나도 한때는 너 같았어. 아름다운 것들. 모든 순간. 잡을 수 없다고 생각했지. 슬퍼했어. 하지만 지금은 달라. 아름다운 것을, 순간을 잡을 수 없어도, 너는 아름다운 것을 본 너야. 보기 전의 너와는 달라. 그리고 나는 이제 너를 만난 나야."

"나도 그렇게 될 수 있을까. 그렇다면 다행이겠지." 저는 웃으며 이렇게 말했습니다.

나폴리와 소렌토의 시간이 불운의 연속이었다고 생각한 건 이기적인 발상일지도 모르겠습니다. 제가 보든 보지 않든 소렌토의 석양은 아름다울 것이고, 제가 가든 가지 않든 그 피자 가게는 사람들을 감탄시킬 피자를 매일 굽겠지요. 행운 또한 마찬가지입니다. 제가 눈을 뜨든 뜨지 않든 그 밤기차는 아침 해가 뜰 때 바다 위를 달릴 것입니다.

그렇게 시칠리아에 왔습니다. 숙소에 짐을 놓고, 손을 씻고, 이를 닦고, 입은 옷 그대로 침대에 누워 깊은 잠에 빠졌습니다.

꿈 속에서 방에 전구가 나갔습니다. 주인집에 갔더니 주인은 손주를, 아주 작은 갓난아이를 안고 있었습니다. 제가 안을게요, 하고 받아들었습니다. 정원의 유리화분은 깨져 있었고 아이의 엄마는 20대를 갓 넘긴 듯한 뽀송한 여자애였습니다. 음악을 한다고 했습니다. 와, 저도 음악을 해요. 아이의 목이 꺾일까 조심하며 씩 웃었습니다. 웃음은 되돌아오지 않았지만 괜찮았습니다.

장면은 바뀌어 저는 어느 카페 안에 있었습니다. 도자기 잔에 커피를 받아 들고 언덕길을 올라갔습니다. 경사가 높았지만 옅은 붉은빛의 골목이 아름다웠습니다. 돌아보니 내리막이 아득했습니다. 그래도 침착하게 올랐습니다. 하얀 도자기 잔을 손에 든 채로.

꿈에서 깨어 이 편지를 씁니다. 한동안 당신께 보내던 편지를 여기서 마무리 지을까 합니다. 제멋대로인 절 용서

해주세요. 그리고 이번 여행에 대한 글을 적어볼까 합니다.°

이번 여행에는 놀라운 깨달음도, 커다란 삶의 변화도 없었습니다. 그리고 그걸로 됐다고 생각합니다. 알고 있었기 때문입니다. 저는 더이상 한 번의 여행으로 제가 바뀌거나 더 나은 사람이 될 것이라 생각하지 않습니다. 저는 아마도 제자리일 것입니다. 그리고 그건 나쁜 일도, 좋은 일도 아닐 것입니다. 제자리의 위치는 시간에 따라 다르게 느껴지겠지요. 어떤 때는 불운으로. 어떤 때엔 행운으로. 그날의 여행처럼.

그래서 더욱 말하고 싶습니다. 아주 작은 것들에 대해. 당신이 들어준다면요. 어떻게 10킬로그램도 안 되는 배낭에 한 달 치 영양제를 네 종류나 넣을 수 있었는지, 알프스 산장의 커튼이 얼마나 예뻤는지, 피렌체의 아르누보 영화

° 《이런 나라도 즐겁고 싶다》(2018. 이봄)로 출간.

관에는 왜 인터미션이 있는지, 여행에서 돌아온 빌보 배긴스처럼 그저 재미있는 이야기를 적어 당신께 들려드리고 싶습니다. 그리고 어서 제자리로 돌아가서 오모리 김치찌개 라면을 먹고 싶습니다.

이야기를 들어주어 감사합니다

아마도 앞으로도 계속

오지은 올림

어느 날 길에서
꼬마라는 고양이를 만나서
함께 살게 되었습니다.

매일 밤 강아지 흑당이와
밤길을 걷습니다.

한 강아지, 한 고양이
한 사람과 같이 헤쳐가고 있습니다.

삶은 여전히 무섭습니다만.

2020년부터 2022년.
3년 동안 당신께 적은 편지

돌아오는 시간의 편지들

3년 만의 편지

오랜만에 편지를 드립니다.

흰 화면을 한참 바라보았습니다.

3년 만의 인사는 쉽지 않네요.

마치 오랜만에 만난 친구와

카페에서 만나 자리에 앉고,

메뉴를 고르고, 주문을 하고,

음료가 나오길 기다리는 시간,

본격적인 이야기를 꺼내기도 그렇고

계속 날씨 얘기만 할 수도 없는

조금 어색한 그런 시간 같습니다.

저는 잘 지냈습니다.

'잘'이라는 단어를 헤집어보면

뾰족한 유리조각도 나오고

녹슨 철도 나오고

꾸덕한 덩어리도 나올 것 같지만

이 정도면 잘 지낸 게 아닌가 싶습니다.

갑자기 다른 얘기지만

저는 어른이 되면 이런 얘기를

능숙하게 할 수 있을 줄 알았어요.

내 상황을 잘 설명하고

적절한 말을 적절한 타이밍에

꺼낼 수 있을 줄 알았어요.

그런데 그렇지 않네요.

그 이유에 대해 생각해보았는데

제 작은 그릇 말고도,

아마도 달의 뒷면 때문인 것 같습니다.

아시나요.

달은 우리에게 항상 같은 면만 보여준다는 사실을.

둥근 달도, 눈썹달도,

까만 겨울밤의 달도,

달콤한 봄밤의 달도,

한밤중의 높은 달도,

새벽의 낮은 달도,

언제 달을 보아도 지구인은

달의 한 면밖에 볼 수가 없습니다.

저는 종종 생각합니다.

제가 닿을 수 없는 뒷면에 대해.

모든 상황에는 뒷면이 있다는 것에 대해.

애써 어딘가에 다다라도 그곳에

또 뒷면이 있다는 것에 대해.

그럼 아득해져서 이런 말밖에 하지 못하게 됩니다.

그냥 그렇지 뭐.

원래 다 그렇잖아.

아, 갑자기 다른 얘기를 하자면

그동안 저에게 좋은 일이 있었습니다.

뒷면이 없는 그저 환한 해님 같은 일입니다.

제 인생에 흑당이라고 하는 까만 강아지와

꼬마라고 하는 까만 고양이가 들어왔습니다.

보드랍고 따뜻하고 사랑이 넘치는 둘입니다.

하지만 그런 사랑으로도

해결할 수 없는 것들이 있으니까요.

애당초 사랑은 해결사가 아닐지도 모르겠네요.

그렇게 놀라운 사랑과

눅눅한 마음과

엉킨 실타래와

아득한 기분으로

뒤죽박죽 살고 있는 제가

당신께 편지를 보내도 될까요.

당신의 안부가 궁금합니다.

그래도 무사히

마흔 살이 된

오지은 올림

달의 뒷면에 대하여

지난번 편지는 잘 받으셨을까요. 오랜만에 보낸 편지에 갑자기 달 얘기를 해서 무슨 소리지, 하실 수도 있겠다는 생각이 뒤늦게 들었습니다. 달을 관찰하는 취미가 생겼다거나 SF에 빠진 것은 아닙니다. 그냥 강아지 흑당이와 산책을 하면서 매일 밤 이런 달, 저런 달을 볼 뿐입니다.

저는 그 동화를 좋아했어요. 해와 달을 갖고 싶어하던

하늘의 늑대 이야기. 제 기억에 따르면 대략적인 줄거리는 이렇습니다. 하늘에 사는 어떤 늑대가 해가 너무 갖고 싶어서 달려가서 해를 물었대요. 그런데 너무너무 뜨거워서 뱉고 말았대요. 그럼 달을 갖자! 하고 달을 물러 달려갔는데 이번에는 또 너무너무 차가워서 뱉고 말았대요. 그렇게 해와 달을 번갈아가며 문 늑대 덕분에 밤과 낮이 반복된다는 전래동화.

저는 늑대가 달을 무는 부분을 읽을 때는 항상 이가 시렸어요. 달이 너무 차가웠을 것 같아서요. 지금도 달을 볼 때 가끔 생각합니다. 늑대는 얼마나 이가 시렸을까.

미국인 닐 암스트롱은 1969년에 달에 도착했습니다. 그때의 미국인들은 굉장히 들떠 있었다고 해요. 인류는 진보했다, 우리는 과학의 힘으로 세상의 비밀을 풀어갈 것이다, 이제 우리는 달에도 갈 수 있다, 이렇게요.

제가 피시 통신을 시작한 1990년대에는 음모론이 활개를 치고 있었습니다. 상당히 많은 사람들이 음모론을 믿었어요. 사실 암스트롱은 달에 도착하지 못했다, 저 사진은 나사가 만든 세트에서 촬영된 것이다, 저 펄럭이는 깃발이 강력한 증거다, 공기가 없고 고로 바람도 없는 달에서 깃발이 왜 펄럭이는가. 그럴듯하죠? 게다가 1990년대는 세기말적 회의에 가득차 있었습니다. 라디오헤드가 〈크립Creep〉에서 "나는 세상에 있을 자격이 없어." 하고 노래하면 모두가 따라 부르던 시대였습니다. 음모론도 회의론도 그렇다 치고, 제가 진심으로 관심이 갔던 부분은, 나사가 달에 처음 도착한 지 3년 만에 달에 사람을 보내는 시도를 그만두겠다고 공식적으로 말했다는 사실입니다. 왜, 대체 달에 뭐가 있길래. 고작 3년 만에 그 큰 프로젝트를 관두겠다고 한 것일까요. 달의 뒷면에 뭐가 있길래.

저는 착각을 거듭하며 살아왔던 것 같습니다. 시간이 지나면 알 수 있을 것이라는 착각, 단단히 손에 쥘 수 있다는 착각, 노력하면 현명해질 수 있다는 착각, 상황을 명확하게 파악할 수 있을 것이라는 착각, 정의내릴 수 있다는 착각. 사는 게 쉬워질 것이라는 착각.

무엇보다 가장 큰 착각은 당신을 이해할 수 있다는 착각 그리고 나 자신을 알 수 있다는 착각이었습니다. 그 착각이 깨질 때마다 달의 뒷면을 생각합니다. 아무리 보고 또 보아도 알 수 없는 반절이 항상 존재한다는 것. 달에도, 사람의 마음에도. 이러나 저러나 달은 매일 뜨고 흑당이와 저는 밤길을 걷습니다.

사람은 보내지 않지만 로봇은 계속 보내고 있는 나사에서 달의 뒷면에 뭐가 있는지 말해주었습니다. 그들에 따르면 달의 뒷면에는 '지혜의 바다'가 있다고 합니다. 바다라고 하지만 우리가 아는 바다가 아닌 물이 없는 바다입니다.

정말 알쏭달쏭하죠. 물이 없는데 바다이고, 그곳에는 지혜가 담겨 있다니. 나사에는 시인이 근무하는 걸까요? 아니면 그것이 인류가 달을 보는 오랜 마음일까요.

다음 편지에는 어른들이 '그냥 그렇지 뭐'라는 말을 왜 반복하는가에 대한 제 나름의 이론을 적어볼까 합니다. 당신이 재미있어 했으면 좋겠는데요.

잠이 오지 않는 밤에는
여전히 음모론을 읽는
오지은 올림

하나 마나 한 어른의 말에 대하여

안녕하세요. 잘 지내셨나요. 저는 그간 당신께 편지를 많이 썼습니다. 마음으로만요. 하나도 부치지 못했어요. 모든 말이 의미 없고 쓸데없이 느껴졌기 때문입니다. 당신은 상냥하니까 아니라고, 다 괜찮다고 말할지도 모르겠어요. 하지만 세상에 그런 게 어디 있나요. 저는 알아요. 저는 그러면 안 됩니다.

요즘은 글 연재를 두 개나 하고 있습니다. 예전엔 자신이 없어서 제의가 와도 거절하곤 했는데 왠지 할 수 있겠다는 생각이 들었어요. 이렇게 기운이 없는데 신기하죠. 어쩌면 어두운 곳에서 오히려 주먹을 꽉 쥐게 되는 그런 맥락일지도 모르겠어요. 이런 다짐입니다. 어둡고 추울수록 나는 잘 지내볼 거야. 나는 즐거운 순간도 모을 거고 마음도 모을 거고 생각도 모을 거야. 눈송이 뭉치듯 모아둘 거야. 그건 좋지만 문제는 시간이 훅 가버린다는 것입니다. 조금 구상하고 조금 쓰고 많이 고치고 하다보면 한 달이 지나 있어요. 큰일이죠. 가장 큰 마음의 조각은 당신께 보내는 편지에 있는데 자꾸 뒤로 밀리니까요.

'가장 큰 마음의 조각'이라는 말을 위에 적었는데요. 오래전부터 저는 머릿속에 드는 생각의 대부분을 꺼내지 못하고 있어요. 가끔 혼자 있을 때 혼잣말을 하긴 하지만요. 예를 들어, 갈 곳 없는 마음은 어디로 가야 할까요. 밖에 꺼낼 가치가 없게 느껴지는 마음의 조각은 어떻게 처리해야 할까요. 가만, 나 이 얘기 들은 적 있어, 하고 생각하실

지도 모르겠어요. 맞아요. 예전에 비슷한 얘기를 책에 적은 적이 있습니다. 발전이 없는 사람입니다.

남에게 보일 가치가 있는 마음을 퍼센트로 따지면 어느 정도라고 생각하시나요. 쉽게 얘기하면 인스타그램에 올릴 가치가 있는 순간 말이죠. 잠시 스쳐가는 깨달음의 순간과 흔치 않은 맑은 하늘과 붉은 노을, 좋은 장소의 좋은 바이브의 좋은 나. 저는 5퍼센트 정도라고 생각합니다. 그럼 흙탕물 같은 나 자신은 어떻게 하면 좋을까요. 유리병에 예쁜 천을 감아 돌덩이와 탁한 물을 가리고 맑은 부분만 보여야 할까요. 95퍼센트나 되는 양을요.

어른이 되면 왜 말수가 적어지는지 항상 궁금했습니다. 어른들은 제게 이렇게 말했어요. 너도 크면 다 알게 돼. 저는 음악을 일찍 시작해서 중학생 때부터 음악 어른들을 만날 일이 많았는데 그들은 그 말을 많이 했어요. 그냥 지금 말해주면 되는 거 아닌가. 지침을 모아서 두꺼운 책으로 만들어두면, 그리고 우리 모두 그걸 읽고 살아가면 훨씬 편해지는 것 아닌가. 헤맬 필요도, 일일이 깨달을 필요도 없는 것 아닌가. 수학 공식의 증명이 챕터 가장 앞에 적혀 있는 것처럼.

그런데 이제야 알겠어요. 거의 모든 말이 하나 마나 한 말인 거 있죠. 만약 누군가 그 어른백과를 만든다면 그 책은 5천 페이지가 되거나 또는 '그냥 살아야지 뭐'라는 문장 하나만 적혀 있는 종이 쪼가리가 될 거예요.

최근 여기에 대해 다시 생각하게 된 계기가 있었습니다. 누군가의 인터뷰였어요. 음악을 시작하고 한동안 너무 막막했고, 어드바이스를 찾기 힘들었다는 내용이었어요. 만약 우리가 아는 사이였다면, 그가 나에게 도움을 요청했다면 무슨 말을 해줬을까 고민해봤는데 3일 밤낮을 떠들거나, 아니면 아무 말도 못 하거나 둘 중 하나라고 생각했어요. 왜냐면 그와 나의 시간은 같은 듯 전혀 다를 테니까. 마음이 겹쳐질 수 있는 순간은 없거나 아주 짧을 테니까. 그래서 그는, 당신은, 그리고 저는 막막한 길 위에서 인류

모두가 했던 방황과 실패, 실수를 혼자 겪어내는 수밖에 없다고 생각했습니다.

그래서 저는 가끔 커피를 삽니다. 무력함과 응원이 섞인 복잡한 마음으로. '원래 다 그런 거야'라는 말이 불쑥 튀어나와 당신의 사기를 꺾을까 걱정하면서.

올해는 어떻게 흘러갈까요. 같은 듯 다른 시간을 보내고 있을 당신의 올해는 어떻게 흘러갈까요. 저는 역시 흙탕물에 대해 적게 될 것 같습니다. 새삼스런 얘기지만 당신 곁에 동료가 있었으면 좋겠어요. 잠깐이라도 마음을 겹칠 수 있는 사람. 저는 다행히 집에 보드랍고 작은 고양이 꼬마와 두툼하고 커다란 강아지 흑당이 그리고 사람 뭉돌이도 있으니 너무 걱정하지 마세요(일단 현재 그렇습니다). 이 눅눅한 글을 당신께 보낼까 말까 긴 시간 고민했지만 역시 보내기로 합니다.

오늘은 흑당이와 산책을 하다가 하늘이 너무 아름답고 공기가 좋아서 아, 정말 죽기 좋은 날이구나, 하고 생각했어요. 하지만 저는 죽지 않을 것이니까요. 조신하게 흑당이의 멋진 산책을 돕고 돌아와서 그의 발을 꼼꼼히 닦았습니다. 따뜻하게 지내시길 바라며.

누군가 5천 페이지짜리
어른백과를 내줬으면 좋겠다고 생각하며
그게 꼭 전자책이길 바라는
오지은 올림

자신만의 공간을 갖는 것에 대하여

버지니아 울프의 유명한 말이 있지요.

“여성이 소설을 쓰기 위해서는 돈과 자기만의 방이 있어야 한다.”

얼마 전에 트위터에서 재미있는 글을 봤습니다. 버지니

아 울프가 트위터를 했다면 저 말에 대해 얼마나 비웃음을 당했을지에 대한 트윗이었어요. 돈도 없고 자기 방도 없는 사람은 소설도 쓰지 말란 말인가요? 하는 인용 트윗이 달렸을 것이란 예측이었고, 저는 웃었습니다. 맞아요. 그럴 거예요. 하지만 제 생각엔 그가 《자기만의 방》을 냈던 1928년에도 비슷한 말을 들었을 것 같았습니다.

어딘가의 문학 살롱, 버지니아 울프에게 누군가 다가옵니다. "울프 씨, 최근 당신이 낸 작품을 아주 흥미롭게 읽었습니다. 그런데 작은 궁금증이 있는데…… 돈이 있었다가도 없는 사람의 경우엔 어떻게 하면 좋을지 고견을 여쭈어도 될까요?" 질문자의 입꼬리에는 이미 비웃음이 담겨 있습니다. 뒷자리의 무리들은 눈빛을 주고받으며 키득거립니다.

저는 올해 처음으로 작업실을 갖게 되었습니다. 올해는

음악을 시작한 지 15년, 첫 책을 낸 지 10년이 되는 해입니다. 숫자에 집착하는 편은 아닌데 어쩌다 보니 그렇게 되었네요. 작업실에 대한 생각은 죽 해왔습니다. 음악을 하는 주변 사람들도, 글을 쓰는 사람들도 작업실을 갖고 있었으니까요. 하지만 얻어야겠다는 생각을 한 적은 한 번도 없었습니다.

저는 작업을 하다 막히면 여행을 갔습니다. 출장에 가까울지도 모르겠네요. 일거리를 들고 (그것이 타이틀 곡의 가사든, 탈고를 앞둔 원고든) 멀리 갔습니다. 너무 자극이 크면 신이 나고 그럼 일에 방해가 되니까 주로 미적지근한 곳에 가서 미적지근하게 지냈습니다. 비행기에 앉으면 저도 모르게 계산을 합니다. 이번 여행에 백만 원이 드는데 그럼 내가 이번 작업으로 얼마를 벌어야 본전일까. 하나 마나 한 계산입니다만……

효과는 꽤 좋았습니다. 새로운 곳에 가서, 새로운 방에 앉아, 새로운 벽을 보는 것. 그렇게 막혀 있던 글과 가사를 해결해가는 기분이 좋았습니다. 마치 매일 보던 벽이 조금 투명해지는 느낌이었습니다. 별로 예쁘지 않은 비유를 하자면…… 무슨 세제를 써도 절대 떨어지지 않던 욕실 곰팡이가 여행의 마법 속에서는 타일 위의 가벼운 물때처럼 느껴졌어요. 그 마법의 정체는 아마도 해방감, 안전한 고립감 그리고 비일상성이었겠지요. 그것이 생각의 중력을 평소보다 가볍게 만들어준 것 아닐까요.

친구 K는 그 출장을 못마땅해했습니다. 언제까지 그렇게 할 것이냐고, 매번 그럴 수 있겠냐고, 제대로 된 작업실을 얻으라고 진지하게 충고했습니다. 전 흘려들었습니다. "떠나면 되는데 왜 굳이요?" 하지만 K에게 말하지 못했던 진짜 이유는 따로 있었습니다. 저는 작업실을, 그러니까 매달 월세가 나가는 작업만의 공간을 가질 자격이 스스로에게 없다고 생각했던 것입니다. 그런 자격을 누가 정하냐고 제게 묻는다면 아마 대답하지 못했을 것입니다. 타인에게 너그러우면서 자기자신에게는 박한 사람이 있지요. 돌이켜보니 저는 제게 '진정한 자격'이 없다고 생각했던 것 같습니다.

그렇게 오랜 시간을 지냈습니다. K는 막판에 이렇게 얘기했어요. "앞으로 계속 글 안 쓰실 겁니까?" 저는 그 말을 전혀 이해하지 못했습니다. 그리고 몇 년이 지나, 올해 갑자기 그 말이 제게 왔어요. 아, 그래서 K가 그렇게 열심히 말했던 것이구나. 이제야 그 이유를 알았어요. 대화라는 것은 어쩌면 실시간으로 일어나는 일이 아닐지도 모르겠습니다.

예술과 스포츠는 다르다는 말을 들었을 때 참 옳다고 생각했습니다. 예술은 경기 종목이 아니다. 순위도 없고 우열도 없다. 예술에는 금메달이 없다. 하지만 이제는 오히려 잘 모르겠어요. 판매량이라는 적나라한 지수가 있으니까요(그 기준에 동의한다는 뜻은 절대 아닙니다). 예술의 세계에도 프로와 아마추어가 있고 스포츠 또한 그렇습니다. 저는 중요한 무대를 잘 해내는 사람을 보면 저도 모르게 이렇게 생각했습니다. 저 사람은 4번 타자구나. 어려운 타이밍에 홈런을 칠 수 있는 사람이구나.

영예로운 4번 타자의 삶은 어떨까요. 매일이 즐거울까요? 저라면 무서울 것 같습니다. 그 중압감을 어떻게 견디지요. 결정적인 순간에 헛스윙을 했을 때의 죄책감을 어떻게 견디지요. 천재만이 그런 압박을 견디는 것일까요. 하지만 저 같은 인디맨에게도 4번 타자의 순간이 있습니다. 지금 편지를 쓸 때가 바로 그렇습니다. 키보드에 신이 내려서 마법 같은 문장을 쓰면 좋을 텐데. 만루 홈런을 칠 수 있으면 좋을 텐데. 하지만 그런 일은 일어나지 않기에 저는 이 편지를 고치고 또 고치고 있습니다. 그 대단한 4번 타자도 스윙 연습을 하겠지요. 엄청나게 해왔고, 지금도 하겠지요. 어떤 상황에도 배트를 휘두를 수 있도록. 잘 안 되는 날에도 현재의 풀스윙을 할 수 있도록. 그리고 묵묵히 타석에 들어서겠지요.

그래서 작업실이 필요한 것이었어요. 그 지리멸렬한 헛스윙의 시간을 같이 견뎌줄 나의 책상과 나의 의자, 나의 하얀 벽이 필요한 것이었어요. 저는 지금까지 얼마나 많은 조언을 놓치고 살았을까요.

운 좋게도 근처에 조용한 원룸이 있었습니다. 낡은 벽에는 못 구멍과 무언가를 떼었다 다시 붙인 흔적이 잔뜩 있었습니다. 많은 사람들이 자신이 좋아하는 것을 벽에 붙였다가 이 공간을 떠났나 봅니다. 결로 때문에 누렇게 뜬 부분도 있었지만 저는 그 방이 마음에 들었습니다. 큰 창(아마도 결로를 적극적으로 일으킬) 너머로 하늘이 커다랗게 보였기 때문입니다. 작업이 안 될 때는 누워서 하늘을 보면 되겠다 싶었습니다.

저도 벽에 뭔가를 붙였습니다. 예전에 당신께 말씀드렸던 그 여행에서 사온 고흐의 아몬드 블로섬 그림입니다.

작은 스피커도 놓았습니다. 친구들이 소파를 사주었습니다. 저는 아마도 여기서 길고 막막한 시간을 보내겠지만 그래도 좋아하는 것들과 함께입니다. 지금의 흥분은 곧 사라지고 '뭘 해도 그저 그런 시간'이 찾아올지도 모릅니다. 그럴 때는 내가 뭘 붙들고 있었는지조차 잊게 됩니다. 전 벌써 작업실을 떠나야 하는 순간을 생각합니다. 방금 전에 계약했으면서!

하지만 어젯밤 미리 냉침해 두었던 사과향 녹차는 맛있습니다. 지금 분명히 그렇습니다. 분명한 것이 있습니다. 헛스윙도 안타도 생각해봐야 별수 없습니다. 그건 분명한 것이 아닙니다. 제가 휘두르고 있는 스윙은 분명합니다. 점수가 나지 않아도, 기록이 되지 않아도 분명합니다. 쓰고 있는 저조차 이 사실을 자주 잊어서 여기에 적어둡니다. 당신도 저도, 잊지 않았으면 좋겠습니다. 할 수 있는 데까지. 가끔 아름다운 것들을 보며. 할 수 있는 데까지. 현재의 풀 스윙을.

트위터 얘기로 시작했으니 트위터 얘기로 마칩니다. 오랜 트위터 생활 동안 가장 기억에 남은 글입니다. 로렌조님이 말했습니다.

"삶이 남루해질수록 탁월한 것들로 수선해야 한다."

공원에서 밤마다
배트를 휘두르는
수상한 중년이 되고 싶은
오지은 올림

추신: 이 편지를 쓰고 나서 K에게 그때 고마웠다고 했더니 대체 언제 적 얘기냐고 그런 말 했는지도 잊어버렸다고, 고로 저의 감사도 무효라는 답이 왔습니다. 웃긴 사람입니다.

꿈의 막이 내리는 순간에 대하여

드라마를 보았습니다. 오랜만의 일본 드라마입니다. 왜 보기 시작했는지 기억도 나지 않습니다. 아마도 '언젠가 봐야지'의 무수한 별을 모른 척하며(그렇게 되지 않나요) 메인 화면에서 새로운 것이 없나 뒤적이다가 그냥 한번 눌러본 것 같습니다. 시작부터 일본 청년 남성 셋이서 콩트를 하는 장면이 나왔습니다. 콩트는 그냥 그랬습니다. 그들은 무명이라는 설정이었는데, 제목이 〈콩트가 시작된다〉니까 저 셋이 많은 실패 끝에 성공을 거두게 되는 감동과 웃음의 드라마일까 싶었습니다. 솔직히 시큰둥했습니다.

사람들은 오디션에서 백 번을 떨어져도 계속 도전하여 백한 번째에 붙는 이야기를 좋아합니다. 당연합니다. 팍팍한 삶에 용기를 불어 넣어주니까요. 하지만 78번째에 슬그머니 꿈을 내려놓은 사람의 이야기는 별로 없습니다. 아마 사람들이 별로 듣고 싶어하지 않아서겠지요. 이 드라마는 후자에 대한 이야기였습니다.

팀 이름은 멕베스입니다. 결성한 지는 10년. 단독 공연을 열 정도는 되고 소속사도 있습니다. 문제는 공연에 관객이 거의 들지 않고 회사도 이제 별로 열의가 없다는 것입니다. 이 상태에서 어떻게 벗어나면 좋을까요. 아마 동서고금 수많은 예술가들이 했던 고민이겠지요. 더 열심히 하면 될까. 초심으로 돌아가면 될까. 새로운 자극을 받아야 할까. 매사에 감사하는 자세로 버텨야 할까. 어찌되었든 버티면 될까. 일단 오늘은 재미있었어. 그러니까 그냥 자자. 하지만 내일은? 그런 중에 부모님은 나이가 들어갑니다. 오래 사귄 애인과 결혼도 해야 할 것 같습니다. 자리를 잡은 친구들을 보면 생각이 많아집니다. 아, 맙소사. 저는 이런 이야기를 많이 알고 있습니다.

많은 이야기는 무대에 오르는 순간, 즉 꿈이 이루어지는 순간에 끝이 나곤 합니다. 왜일까요. 아마도 그 다음은 재미가 없기 때문이겠죠. 언제까지고 올라가는 풍선은 없습니다. 차라리 중간에 펑, 하고 터져버린다면 재미가 생길까요. 그러게요. 실제로 사람들은 펑, 하고 터져버린 예술가의 이야기를 좋아하니까요. 하지만 많은 경우 풍선은 별다른 드라마 없이 하강하다가 결국 어떤 나뭇가지에 걸릴 것입니다. 그리고 바람 사이로 이런 말이 들려오겠지요. 이제 그만해야 하지 않을까?

'포기하면 지는 것'이란 말이 있습니다. 정말 그럴까요. 진다면 무엇에게 지는 걸까요. 반대로 이긴다면 무엇에게 이기는 걸까요. 사랑하는 마음이 강할수록 더 잘할 수 있을까요. 그렇지 않다는 것이 이 분야의 잔인한 부분일 것입니다. 그나저나 잘하고 못하고의 기준은 무엇일까요. 저는 잘 모르겠습니다. 이런 생각을 하다보면 길을 잃은 기분이 듭니다. 이 세계에 지도는 없는 것 같습니다. 지름길도, 영원한 해피엔딩도. 아마 어느 쪽을 향해도 씁쓸함은 느껴지겠지요.

맥베스 세 사람도 비슷한 기분이었을까요. 공연을 하고, 객석이 빈 만큼 더 큰 소리로 대사를 치고, 무사히 마치고 셋이서 맥주를 마시고, 불안한 만큼 더 과장된 농담을 하고, 껙껙거리고 웃다가 불을 끄고 누웠을 때 문득 저런 의문이 들었을까요. 그들은 열심히 답을 찾습니다. 앞에서도 말했지만, 이 드라마는 꿈을 내려놓는 순간에 대한 이야기니까요.

꿈을 내려놓는다면, 지금까지의 시간은 무엇이었나. 꿈을 놓은 후의 인생은 또 무엇일까. 그것은 빛이 바랜 인생일까. 인생의 빛은 무엇일까. 그렇게 답을 찾아가는 과정이 별로 멋있지 않아서 저는 진짜로 멋있다고 생각했습니다. 절망하고, 실망하고, 폭소하고, 신뢰하고, 실실거리고, 뿌듯해하고, 비난하고, 멱살을 잡고. 그중 제가 제일 좋다고 생각한 장면은 고등학교 선생님을 찾아가는 대목이었습니다.

선생님은 모든 일의 원흉입니다. 얼떨결에 학교 축제에서 콩트를 했던 셋에게 문학(하필!) 선생님은 그만 이런 말을 해버립니다. "너희 재능 있는 거 아냐?" 아니, 어쩌자고 그런 말을 했을까요. 젊은이들은 짧은 순간에 마음을 송두리째 뺏기고 인생의 항로를 정해버리는데요…… 저는 그들이 착각을 했다는 말을 하는 것이 아닙니다. 왜 시작했냐고 비웃는 것도 아닙니다. 그저 이 세계가 복잡할 뿐입니다. 꿈의 세계에서 현실을 살아가는 일이 많이 복잡할 뿐입니다.

여튼, 기운이 빠진 그들은 선생님을 찾아갑니다. 아마 격려를 듣고 싶었던 것이겠죠. 선생님은 가장 먼저 그들을 알아봐준 사람이니까요. 기대에 찬 맥베스를 앞에 두고 꼬치구이집에서 선생님은 이렇게 말합니다. “이제 해체하는 것도 좋지 않을까?”

한 시절의 문을 닫아야 하는 타이밍이 있습니다. 닫는 것도 자유, 버티는 것도 자유입니다. 어쩌면 지도의 모든 방향이 맞는 방향일지도 모릅니다. 나아가기만 한다면.

사실 중요한 인물이 한 명 더 있습니다. 맥베스의 팬 나카하마입니다. 나카하마가 아름다운 여성이라서 저 세 명 중 한 명이랑 사귀면 어쩌지, 하고 실눈을 떴으나(뭐, 사귀면 안 된다는 것은 아니지만!) 다행히 끝까지 그런 일은 일어나지 않았습니다. 나카하마는 회사를 관두고 카페에서 아르바이트를 하는 사람이고, 맥베스는 그 카페의 단골입니다. 즐겁게 콩트를 짜는 맥베스를 보며 나카마하는 스스로를 돌아봤던 것 같습니다. 내 인생은 어디로 가는 것일까. 꿈을 좇아가는 사람들은 자기가 가고 있는 길에 대한 확신이 있을까. 맥베스의 콩트는 나카하마의 삶의 에너지가 되어 그를 깊은 곳에서 다시 지상으로 끌어올려 주었습니다. 참 멋지죠. 예술의 굉장한 점 아닐까요. 하지만 나카하마가 그게 아무리 굉장하다고 힘주어 말해도, 그것만으로는 맥베스가 계속 날개를 파닥일 수는 없다는 점이, 그게 예술계의 혹은 인생의 잔인한 점 아닐까요.

가끔은 이 세계가 '하지만'으로 이루어진 것 같습니다. 하고 싶은 것이 있어. '하지만' 아무것도 보장되지 않아. '하지만' 하고 싶은데. '하지만' 실패하지 않을까. '하지만' 가치가 있잖아. '하지만' 결국 가치가 없지 않아? 사실 드라마 얘기인 척 제 얘기를 하고 있습니다. '하지만'은 파도 같아서 스스로가 바닷가에서 계속 파도를 맞고 있는 사람

같습니다.

그런 착잡한 시간 속에서 요즘 처음 든 생각이 있습니다. 파도 앞에서 흔들리는 것, 의심하는 것, 버티는 것, 한 걸음이라도 앞으로 가보려고 하는 것, 그러다 어떤 지점에서 물러서는 것, 집에 돌아가는 것, 전부가 같은 무게의 강한 마음이 아닐까.

이 드라마의 영향은 아닙니다만, 얼마 전에 음악을 잠시 내려놓겠다는 글을 올렸습니다. 오래 있던 회사에서도 나왔습니다. 은퇴는 아니고 잠시 숨을 고를 생각입니다. 사랑하는 것을 계속 사랑하기 위해서, 더 큰 파도에도 버틸 수 있는 대퇴근을 얻기 위한 결정입니다. 그러니까 진 것도 아니고, 포기한 것도 아닙니다. 파도에서 조금 떨어져서 해변을 걸어보고 싶다는 그런 마음입니다. 낭만적이지 않나요. 제가 하는 일은 차력도 아니고 고행도 아닌데 가끔 착각했던 것 같습니다. 그리고 차가운 파도가 서러워서 깜빡했던 것들이 있습니다. 아름다운 것은 사라지지만 누군가는 분명히 보았다는 것, 내가 모르는 씨앗이 누군가의 마음에서 싹튼다는 것, 나무가 자란다는 것, 그 숲에서는 '하지만'이라는 단어가 힘을 잃는다는 것. 깜빡하지 않고 잘 움켜쥐어 보려고 합니다.

내려놓은 당신도 주저앉은 당신도
모두가 나아가는 당신입니다.
당신과 나의 행운을 빕니다.

음악에 대한 생각을
내려놓는다고 했더니
부쩍 섭외가 늘어난
오지은 올림

헬싱키

무언가를 좋아하는 이유를 분석해보면 마치 잡을 수 없는 물고기를 손에 쥐어보려고 하는 것 같습니다. 물고기는 끊임없이 어딘가로 움직이고, 잡았다고 생각한 순간 힘차게 다시 물속으로 들어가버립니다. 그러다 전혀 다른 장소에서 불쑥 눈앞에 나타납니다. 그리고 눈이 마주칩니다. 내가 왜 나인지 알겠니?

역시 모르겠습니다. 좋아한다는 감정은 이성적인 영역이 아니니까요. 왠지, 그냥, 몰라. 이런 대답이 오히려 많은 걸 담고 있을지도 모르겠네요.

저는 헬싱키에 왔습니다. 이유를 묻는다면 왠지, 그냥, 몰라입니다.

백야라는 말은 참 예쁘지요. 하얀 밤. 진짜로 밤에 하얀 빛이 내리는 건 아닙니다. 해가 지지 않아 밤에도 밝아서 백야라고 합니다. 헬싱키는 핀란드 남부에 있어서 잠시 어둑해지기도 하지만, 핀란드 북부는 정말 계속 환하다고 합니다. 하늘의 늑대가 여기서는 달을 계속 물고 있나 보죠?

저는 왜 해가 지지 않는 여름 속에 있고 싶다고 생각했을까요. 서늘하고 조용한 여름. 멀리 보이는 나무들이 길쭉하고, 그늘이 더욱 깊어 보이는 여름. 그 안에서 뭘 하고 싶은 걸까요. 또는 뭘 하고 싶지 않은 걸까요. 뭘 멈추고 싶은 걸까요.

공백을 제대로 보고 싶은데

어두운 밤에 마주하는 공백은 무서우니까

낮이 끝나지 않는 곳에 온 걸까요?

그나저나 저는 왜 이렇게 계속

당신에게 질문이 많을까요?

자일리톨 껌에 여전히 무민이 그려져 있어

조금 기뻤던 여행객

오지은 올림

문제들

에어비앤비를 다니다 보면 집주인이 여기를 기업형으로 운영하고 있는지, 아닌지를 가늠할 수 있게 됩니다. 제 생각에 기업형의 가장 큰 특징은 가구입니다. 침대도, 의자도, 테이블도, 컵까지 I사의 가장 저렴한 라인이라면 아마도 그곳은…… 그게 나쁘다는 의미는 아닙니다. 기업형 주인이 내놓은 집은 저렴하고, 위치도 좋고, 연락이 잘

되는 등 장점이 많지만 이럴 거면 호텔에 가는 게 좋지 않을까, 생각이 들기도 하지요.

헬싱키의 에어비앤비의 문을 열고 들어가자마자 저는 당첨이다, 하고 생각했습니다. 가방을 문간에 두고, 손을 천천히 씻고, 거실을 보고, 창문으로 보이는 풍경을 보고, 테이블을 보고, 주방을 보고, 침실을 보고, 침실에 있는 책상과 앞의 창문에 걸린 커튼까지 보고 바로 마음을 바꿨습니다. 나는 여기에 최대한 오래 머물러야겠어.

비행기 변경 수수료를 확인하고, 다음 숙소를 취소할 수 있는지를 보고, 이 집이 얼마나 비는지를 확인했습니다. 세상에, 예약 가능한 날이 없었습니다! 집주인에게 쪽지를 보내어 물어보니 "모르는 사람들이 막 드나드는 게 싫어서 예약을 막아두었어요. 더 있고 싶으면 있어요"라는 쿨한 대답이 돌아왔습니다. 제가 가스도 잘 잠그고 깨끗하게 쓸게요! 있게 해주세요! "그래요, 그럼." 성공!

이 집의 모든 것이 좋았습니다. 왜 거실에 해적의 보물 궤

짝 같은 것이 있을까. 그 위에 놓인 예쁜 천은 어디서 샀을까. 이 낡고 두꺼운 테이블은 몇 살일까. 의자의 모양도 제각각. 부엌 타일은 직접 골랐을까. 무엇보다 가장 멋졌던 것은 침실에 있는 커다란 책장이었습니다. 천장까지 닿아 있는, 벽 하나만한 나무 책장은 거의 비어 있었습니다.

추측입니다만, 아마도 그는 야심을 가지고 이 책장을 맞추지 않았을까요. 그리고 어느 순간 생각하지 않았을까요. 꼭 꽉 채워야 할까? 좋아하는 것만 둬도 되지 않을까?

그래서 아래 칸에는 본인이 좋아하는 오래된 엘피를 꽂아두고, 가운데에는 사랑하는 가족의 사진을 두고, 강아지의 사진을 두고, 그리고 진짜 좋아하는 책을 몇 권만 꽂아두고, 그랬을 것 같아요. 그 와중에 제 책장과 책이 겹치는 거 있죠. 앨리스 먼로의 《디어 라이프》, 그리고 패티 스미스의 《M트레인》! 저는 그 책장의 조화를 해치지 않으려고 조심하며 제 짐을 꺼내 놓았습니다. 스킨, 로션, 에센스, 크림, 바디로션, 바디크림, 또 다른 바디크림, 자외선차단제, 또 다른 자외선차단제, 향수, 헤어에센스, 헤어오일. 대체 나는 뭐가 문제지?

“맨날 대체 뭐가 그렇게 힘들어요?” 인사를 하자마자 대뜸 그렇게 물었던 사람이 있었습니다.

무례하다고 생각했지만 주절주절 얘기했습니다. 진짜 궁금했을 수도 있으니까. 이런 거랑 저런 거랑 그런 거요. 아픈 데는 여기랑 저기. 이제는 제가 스스로에게 같은 질문을 합니다. ‘네가 뭘 했다고 그렇게 힘들어?’ 그 사람은 제게 그런 질문을 했다는 사실도 잊었을 텐데요. 몇백 번이고 끈질기게 시비를 거는 제가 스스로에게 훨씬 나쁜 사람입니다.

언젠가부터 혀에 힘이 들어갔습니다. 저도 모르는 새에 혀뿌리에 힘을 잔뜩 주고 있었습니다. 이 편지를 쓰는 지금도 그렇게 하고 있네요. 알아채고 힘을 빼면 혀가 얼얼하게 느껴질 정도였습니다. 이런 사람이 또 있나 유튜브를 찾아보니 평소에 혀 근육을 단련하라는 동영상이 있었습니다. 이런 증상은 만성적 두통과 목 통증으로 이어진다는 말과 함께요. 혀 근육을 단련해야 한다니…… 귀찮아진 저는 둘리처럼 혀를 그냥 내놓고 있기로 했습니다. 계속 메롱 상태로 살았습니다. 그런데 이 또한 문제가 있었습니다. 외출을 할 때가 문제였습니다. 생각해보세요. 만약 제가 당신과 눈이 마주쳤는데 제가 메롱을 하고 있다면…… 오해할 수 있지 않을까요?

이번엔 갑자기 자외선차단제 얘기입니다. 왜 이 아름다운 책장에 난 자외선차단제를 네 개나 놓아둬야 하는가. 하나는 여기 오니 따갑게 느껴져서 못 쓰는 것, 하나는 피부가 예뻐 보이는 기능이 있는 것, 하나는 최신 기술로 만들었다고 하는데 건조하게 느껴져서 손이 안 가는 것, 하나는 같은 기술의 약간 촉촉한 버전. 한때는 이런 제가 재미있다고 생각하기도 했습니다. 하지만 모든 품목이 이 지경이라면. 화장실에 가면 치약이 세 개, 샴푸가 네 개, 침대 옆에는 바디크림이 네 개. 이번엔 무슨 근육을 단련

해야 할까요. 계속 메롱을 하며 새로운 자외선차단제를 사도 되는 걸까요. 저는 스스로에게 질리는 기분이 들었습니다.

주로 이런 생각을 하며 지냈습니다. 우선 어떻게 해야 혀에 힘을 뺄 수 있을까, 어떻게 해야 자외선차단제를 늘리지 않을 수 있을까, 어떻게 해야 저런 정갈한 책장을 가질 수 있을까. 정말 중요한 것만, 정말 좋아하는 것만 옆에 두는 삶은 어떤 것일까. 프라이팬이 없으면 낮은 냄비에 파스타소스를 데워도 되는데 나는 왜 프라이팬을 세 개씩 갖춰두고 살았을까.

저는 작은 결론을 내렸습니다. 저는 그러니까 나쁜 부모인 거예요. 아이가 울랑 말랑할 때 매번 과자를 입에 넣어버리는 부모. 사고 싶어? 그럼 사. 지금 쓰고 싶어? 열어버려. 지금 엽떡 먹고 싶어? 먹어. 자외선차단제? 다 사. 잠이 안 와? 약을 늘려. 그래도 안 나아? 새로운 약을 추가

해. 하지만 절 울랑 말랑하게 만들었던 원인은 아무것도 해결되지 않았지요. 혀는 계속 얼얼하고 저는 또 다른 자외선차단제를 봅니다.

헬싱키에서는 요가 수업에 자주 갔습니다. 의외로 간단한 영어로 진행하는 곳이 많았습니다. 인요가라는 것을 했어요. '인'은 음과 양의 '음'을 영어식으로 읽은 것입니다. 그러니까 그늘의 요가입니다. 하늘로 뻗어나가는 동작보다는 땅에 단단하게 자리하는 느낌의 동작이 많습니다. 스트레칭하는 판다가 된 기분입니다. 뒹굴뒹굴. 쭈우욱. 인요가는 한 동작을 길게 하는데요, 그동안만이라도 혀에 힘을 빼보자는 목표를 세웠습니다. 다섯 숨이라도 혀에 힘을 빼보자. 갑자기 선생님의 말이 귀에 들어왔습니다. "부드러운 숨을 쉬세요. 당신의 속도대로 숨을 쉬세요. 숨이 당신의 몸 안을 여행합니다."

숨이 이렇게 열심히 여행 중인데
저는 그것도 모르고.

숨이 어디를 어떻게 여행하는지
알아차릴 수 있게 되면
무언가 조금씩 바뀌기 시작할까요?

부드러운 혀를 가지는 것이
인생의 목표가 된
오지은 올림

추신: 텐더 텅…… 너무 야한가요.

여름 바다 밤 열한 시

숙소 근처에 작은 해변이 있다고 구글맵이 알려주었습니다. 제 구글맵은 대단합니다. 별이 빼곡해요. 보통 숙소에 막 도착했을 때 제일 많이 찍습니다. 그리고 그 별에 도달하는 경우는 별로 없습니다.

구글맵이 별의 개수를 2천 개로 제한했던 걸 알고 계시나요. 그가 순서대로 옛날 별들을 지워버리는 바람에 저는 어떤 별들을 영원히 잃어버렸습니다만, 애당초 2천 개나 넘게 찍은 제 잘못 같습니다.

숙소의 큰 철문을 열며 오른쪽을 보면 커다란 배의 머리가 빼꼼 보입니다. 그만큼 바다가 가깝다는 것이겠죠. 조금만 걸으면 북구의 바다를 볼 수 있는데 왜 저는 다음에, 내일, 또 다음에 하고 미룰까요. 그리고 다음 날이 오고 창문 밖으로 아름다운 노을이 보이면 아, 지금 해변에서 저 하늘을 보면 정말 예쁘겠지? 하고 생각하지만 또 다음에, 내일, 다음에. 괜히 해가 지는 시간이나 체크하면서. 내일의 내가 용기를 냈으면 좋겠다, 하고 남의 일처럼 기도합니다.

그런데 오늘이 그 내일이었습니다. 등 뒤로 약간의 용기가 느껴지는 날. 지금 가면 되는 거야. 그런데 환해도 밤인데 위험하지 않을까? 지은아, 네가 헬싱키의 불량배라면 이 동네 골목에 굳이 서 있을까? 조금 더 재미있는 곳에 있지 않을까? 하긴.

검색해보니 오늘의 일몰은 밤 10시 35분. 지금 나가면 해가 아직 환하게 떠 있는 하늘도, 점차 멀어지는 하늘도, 붉어지는 하늘도 볼 수 있을 것입니다. 밤이 약간 기지개를 펴려다 못 펴는 그런 하얀 밤. 신비로운 하얀 밤을 해변에서요.

남쪽 방향으로 걷기 시작했습니다. 가만보니 제가 제일 수상한 사람입니다. 퇴근하고 힘들 텐데 자기 전에 달리기를 하는 사람, 내일 먹을 음식을 슈퍼에서 간단히 사서 나오는 사람, 어딘가 바쁘게 통화하며 걸어가는 사람, 그래 다 건실한 시민들인데 뭘 걱정했을까. 아직 밖이 환한데 가게는 닫혀 있고, 사람들이 내일을 준비하는 분위기는 역시 생경합니다.

어느새 바다에 도착했습니다. 거실 창문 너머 빼꼼 보이는 하늘도 아름답지만 바다 위의 커다란 하늘은 역시 다릅니다. 작은 해변이라 더 좋았습니다. 하늘부터 바다까지 수십 가지의 파스텔톤이 눈앞에 있었습니다. 색을 하나하나 따라가다가 오른쪽에서 풍덩 소리가 나서 봤더니 젊은이들이 소리를 지르며 차례대로 바다로 점프를 하고 있었습니다. 그래, 내가 헬싱키 젊은이라도 저거 하겠다. 한여름 밤에 반드시 하는 것. 친구들이랑 같이 소리지르면서 바다에 점프하기. 아아 계속 웃음이 터지겠지. 그 옆으로 한 할아버지가 비치타월을 두르고 걸어갑니다. 건너편 아파트 주민인가 봅니다. 매일 밤마다 이런 바닷물에 잠겼다가 잠이 드는 건 어떤 기분일까.

모래사장에 바로 앉는 건 헬싱키 정서가 아닌지 다들 벤치나 커다란 돌, 방파제 위에 앉아 맥주를 마시거나 수다를 떨고 있었습니다. 저는 당당히 오도카니 한가운데에 앉아 모두의 시야를 방해하며, 아무 방해꾼이 없는 바다, 하늘, 구름, 새를 보았습니다. 갑자기 음악이 너무 듣고 싶어졌지만 이어폰을 가지고 오지 않았습니다. 그래서 제가 저에게 신청곡을 넣어, 한 곡을 불렀습니다.

해가 잘 드는 거리에서
눈물이 나도록 웃은 다음에는

휘파람을 불며 다시 걸어나갈 거야.
아스테어°처럼 스텝을 밟으면서°°

음악이 장소에 스미는 순간이 있습니다. 누가 그게 무슨 의미냐고 묻는다면 아무 의미 없지만 그래서 모든 의미라고 대답하고 싶습니다. 이 작은 해변에서 새벽에 해가 뜨는 모습도 보고 싶다고 생각했지만 일출은 새벽 4시 9분이라고 하여 빠르게 포기했습니다. 내일은 또 아침으로 시나몬롤을 먹어야겠습니다. 커피를 한 포트 가득 내려서요.

아침으로 매일 시나몬롤을 먹는데
신기하게도 질리지 않는
오지은 올림

° 프레드 아스테어 : 미국의 전설적인 탭댄서이자 배우
°° 피치카토 파이브 〈해가 잘 드는 거리에서〉 중에서

최선을 다해 멈추는 법에 대하여

여름방학이 오기 3일 전, 당신은 어떤 기분이었나요. 저는 수업시간에 몰래 '이번 여름방학에 꼭 하고 싶은 일' 리스트를 만들곤 했습니다. 공책 한 귀퉁이가 금방 빼곡해졌습니다. 읽고 싶은 책, 가고 싶은 곳, 전시, 영화, 공연, 하고 싶은 운동, 들이고 싶은 습관, 기타 연습도 해야지, 발성 연습도 매일, 이때의 충만한 기분이란. 그리고 인생의 몇 번의 여름방학 동안 그 리스트대로 산 적은 한 번도 없었습니다.

미래를 사는 것은 달콤합니다. 유튜브에 있는 정리 달인의 8분짜리 옷장 정리 동영상을 보면 마음이 달콤해집니다. 내 옷장도 저렇게 만들어야지, 이런 트레이를 사서 수납을 해봐야지, 그 재킷은 버려야겠지. 생각은 침대에서 무럭무럭 자라납니다. 엉덩이는 떼지 않고, 팔도 움직이지 않고 그저 뇌 속에서 완결되는 세계입니다. 만약 제가 엉덩이를 떼고 제 현재를 마주하러 갔다면, 그 세계는 바사삭 깨질 것입니다. 상상처럼 간단하게 정리되지 않는 옷장과 잠시 씨름하다가 더 큰 혼란을 만들고 침대로 돌아올 때, 제 등에는 아까는 없던 익숙한 좌절감이 붙어 있겠죠.

현재는 늘 그런 식입니다. 뭐든 쉽지 않다는 것을 자꾸 가르쳐줍니다. 과거를 사는 것은 조금 더 나쁩니다. 과거에서 뽑은 어두운 엑기스를 무슨 전시회처럼 보여줍니다. 촤라라락. 그런 티켓 산 적이 없는데도요, 갑자기 상영이 시작됩니다. 제발.

그래서 가장 안전한 곳은 미래입니다. 예를 들어 글을 구상할 때. 이때 저는 거의 대문호입니다. 상상 속의 문장은 투명하고 가볍습니다. 하지만 노트북을 열면…… 미역이 제 손을 감아버리는 것 같습니다. 끈적하고 축축하고 계속 하다보면 손이 퉁퉁 붓는 것 같습니다. 수첩을 쓸 때는 말이죠, 오전, 오후, 저녁이 모두 대단합니다. 하지만 밤이 되면…… 오늘 하루도 이렇게 끝나버렸습니다. 사람은 아무리 노력해도 미래에 살 수는 없습니다. 어쩔 수 없이 현재에 사는 저는 지금을 먼지뭉치로 채워버립니다. 뭐든, 아무거나, 채울 수만 있다면, 손에 잡히는 대로 집어 현재를 메워버립니다. 언젠가 하고 싶은 레시피, 새로운 정리 달인의 동영상, 오늘의 귀여운 강아지 사진, 누군가의 빈정거림, 돌아서면 까먹을 뉴스. 허공 속의 바쁜 마음.

제니 오델의 책 《아무것도 하지 않는 법》을 읽었습니다. 재미있어 보여 샀으면서 펴기 전에 좀 삐죽거렸어요. 머리로는 알지만 할 수 없는 것들이 적혀 있지 않을까. 지금을 살아라, 현재가 소중하다, 집착을 버려라 등등. 안다고 그렇게 살 수 있다면 모두가 성불했겠지. 게다가 오바마가 추천을 했다고 하니 왠지 더욱 거리감이 생겼습니다. 그는 적어 뒀던 리스트대로 여름방학을 보낸 사람일 테니까요.

그런데 제 편견이 틀렸습니다. 얄팍한 편견이 깨질 때 기쁩니다. 역시 세상은 나보다 크구나(당연히 크지).제니 오델은 내내 차분하게 말합니다. 지금 지구에서 살고 있는 사람들이 얼마나 '중독자'인지, 왜 이렇게 되었는지, 끊임없이 안전하고 가벼운 자극으로 불안을 잊는 행위가 얼마나 내면의 불안을 증폭시키는지. 저는 맞춤 실용서를 보듯 빠져들었어요. 그는 한 걸음 더 나아가 속세를 떠났던 사람들에 대한 얘기를 들려주었습니다. 어지러운 인간 세상과의 단절을 선택했던 사람들의 역사, 그리고 실패를요. 그는 담담하게 말합니다. 결국 우리는 미칠 것 같은 세상에서 최대한 미치지 않으려고 노력하고 버티며 살아야 한다고. 그렇다면 그 노력의 방향은, 제목대로 아무것도 하지 않는 것이라고.

그는 스탠퍼드에서 미술사학을 가르치는데, 첫 수업에는 학생들을 잔디밭에 앉혀놓고 아무것도 하지 말라는 지시를 내린다고 해요. 학생들은 엄청나게 안절부절한다고 합니다. 지금 트위터에 '헐 대박, 교수가 잔디밭에 앉으라고 함'이라고 써야 하는데, 무료한 표정으로 인스타그램 새로고침을 해야 하는데, 갑자기 현재의 공백을 받아들이라니 당황하는 게 당연합니다. 그런 연습을 해본 적이 없는걸요. 바다 건너 책을 읽는 저도 마찬가지였습니다. 그게 중요하다는 것은 알겠지만, 어떻게 해야 그런 사람이 될 수 있냐구요. 실마리를 알게 된 것은 조금 나중이었습니다.

오래 다녔던 요가 수업이 있습니다. 운이 좋게도 혼자 수업을 들었습니다. 별일 없던 그냥 평범한 오후, 스튜디오에 들어가서 인사를 하자마자 선생님이 말했습니다. "아니 얼굴이 왜 이렇게 안 좋으세요." "저요? 저 그냥 똑같은데요." 그때부터 눈물이 줄줄 나기 시작했습니다. "이상하다, 저 똑같아요." 한참을 울다 고개를 들면 선생님이 울고 있어서 저도 다시 시동이 걸리고, 그렇게 두 시간을 주거니 받거니 울다가 마지막에 선생님이 이렇게 말했습니다. "지은 씨, 위빠사나 명상 코스에 가보면 어떻겠어요." 네, 아무래도 가야 할 것 같죠.

마음의 밑에서, 깊이에서 일어나고 있는 일을 전부 파악하고 컨트롤할 수 있다고 생각한다면 그건 오만일 것입니다. 저는 한동안 오만했고, 이제는 혼란스럽습니다. 그날 밤, 명상 코스에 신청을 넣었습니다. 두 달을 기다리고 입소를 했습니다. 입소신청서를 제출하며 핸드폰도 같이 냈습니다. 그곳에서는 대화도, 책을 읽는 것도, 글을 쓰는 것도, 음악을 듣는 것도 금지였습니다. 현재에 채워 넣을 것이 아무것도 없었습니다. 괴로울 줄 알았는데 이상하게 괜찮았습니다. 조금 좋았는지도 모르겠습니다. 새로고침을 하지 않아도 괜찮은 시간, 코끝으로 드나드는 숨에 집중하는 시간. 잘하는 것도 못하는 것도 없는 시간. 그냥 혼자 숨을 쉬면 되는 시간.

10일 코스였지만 저는 6일차 아침에 관두고 집으로 갔기 때문에 정말 숨만 쉬다가 왔습니다만, 쫓기지 않는 꿈을 꾸고 푹 잔 것은 오랜만의 일이었습니다. 그곳에서 지내는 내내 깊고 달콤한 잠을 잤습니다.

슬슬 새로운 요령과 기술이 필요한 것 같죠. 그동안은 즐겁기 위한 기술, 심심하지 않기 위한 기술, 태연한 척하는 기술, 집중하는 기술, 뭉개버리는 기술 등을 연마해왔는데요. 그게 다가 아닌가 봅니다. 처음으로 멈추는 기술, 공백을 마주하는 기술, 숨에 집중하는 기술을 익혀보려 합니다. 미래로 또는 과거로 도망가려는 마음을 잡고, 최선을 다해 멈춘 후에, 현재의 숨을 쉬는 것. 거창하지만 6일차에 도망쳐 나온 사람답게 그냥 코끝에 집중을 하고 숨을 쉬는 정도입니다만 충분히 좋습니다.

인터넷의 세계에서 저는 어디든 갈 수 있고

미래를 상상할 때는 무엇이든 할 수 있습니다.
어디에나 갈 수 있는 문을 갖고 있다는 것은
어쩌면 어디에도 갈 수 없다는 뜻일지도 모르겠습니다.
지금 눈앞에 있는 문의 손잡이를 돌리는 것은
역시 무서운 일이지만, 하지만, 네, 그렇지만.

깨달음의 편지라 조금 부끄럽습니다만,
인간에게 평생 몇 번의 변화가 있다면
저에겐 아마 지금이겠지요.
당신께 전해둡니다.

뻔한 얘기가 머쓱하지만
조금 들뜬
오지은 올림

새로운 여름방학 리스트

인생에 더이상 여름방학은 없겠지만

그래도 리스트를 만들어보았습니다.

어른이 되어 만드는 리스트는

'하기 싫은 것'으로 시작한다는 것이 특징이네요.

더이상 하고 싶지 않은 것들

1. 유명한 사람이 있는 술자리에 가기

2. 그런 자리에서 내가 뭐하는 사람인지 설명하기

3. 결국 실패하고 "네, 뭐 인디 비슷한 겁니다"라고 말하기

4. 취향이 아닌데 좋아해보려고 노력하다가 진 빠지기

5. 친구의 다정함에 들떠서 세 문장 더 말하고 후회하기

6. 무료배송을 채우기 위해 필요도 없는 걸 사려고 논리 만들기

7. 아이폰 신형을 사야 한다고 논리 만들기

8. 유통기한이 지난 음식 버리기

9. 낙엽이 되어버린 홍차 버리기

10. 책을 사서 부적처럼 침대 머리맡에 쌓아두기

11. 모르는 사람 일단 싫어하고 보기

12. 그러다가 그가 "팬이에요"라고 하자마자 조금 애정을 느끼기

13. 증명하기

14. 한이 차올라서 제풀에 쓰러지기

15. 그러다 엽떡 시키기

16. 괜히 올리브영 들어가서 시트팩 두 장 사서 나오기
17. 손목터널증후군 올 때까지 트위터 새로고침하기
18. 그러다 인스타그램, 지메일, 유튜브를 번갈아가며 새로고침하기
19. 짝다리 짚기

앞으로 조금씩 하고 싶은 것들

1. 다시 수영 배우기
2. 이번엔 석 달 이상 배우기
3. 음-파-를 완전히 익히기
4. 바다에서 수영해보기
5. 자전거 배우기
6. 자전거 타고 슈퍼 가서 두부 딱 한 모만 사오기
7. 나물 무쳐보기
8. 편안하고 깊은 숨 쉬기
9. 의자 깊숙이 앉기

10. 발 전체에 고르게 힘주어 걷기
11. 유사시 흑당이(18킬로그램)를 안고 뛸 수 있는 근력 만들기
12. 정말 좋아하는 책만 꽂혀 있는 책장 만들기
13. 좋아하는 노래 코드 천천히 분석해보기

그리고

14. 피아노로 이 노래들을 끝까지 칠 수 있게 되기.
브람스 인터메조 118-2(목표 백건우 버전)
바흐 골드베르크 변주곡 988 아리아
(목표 글렌 굴드 버전)
드뷔시 프렐류드 1권 117-8
(목표 아르투로 미켈란젤리 버전)

꿈은 클수록 좋다!

당신의 리스트가 궁금한

오지은 올림

당신에게 편지를 쓰기 시작한 지 올해로 7년이 되었습니다. 7년이라니, 펜팔 친구도 멀어지기 충분한 시간입니다만, 왜인지 저는 당신께 편지를 계속 썼습니다.

저는 여전합니다. 혀에는 아직도 힘이 들어가고 하릴없는 새로고침도 여전히 합니다. 여전히 매사 '모르겠다'는 생각을 합니다. 하지만 자외선차단제는 그날 이후 새로 사지 않았습니다. 책장도 정리했습니다. 가끔은 부드러운 숨을 쉬어보려고도 합니다. 사람은 변하지 않는다는 말이 있지만, 전 변한 걸까요? 그대로일까요?

언젠가 어느 날의 당신을 기억합니다. 당신은 서점에서 저를 만나 머뭇거리다 사인을 요청했습니다. 그리고 한번 더 머뭇거리다 이런 말을 했습니다. "비겁한 스스로가 너무 괴로워요." 그리고 울음을 터트렸습니다. 그런 당신들이 있었습니다. 그래서 편지를 계속 썼나봅니다. 잠시 만났던 당신에게, 그리고 아직 만나지 못한 당신과 나누고 싶은 이야기가 계속 있어서.

저는 여전히 뾰족한 수가 없는 어른이지만
당신께 꼭 하고 싶은 얘기가 있습니다.

또다시 잔인한 봄이 왔습니다.
봄은 여전히 또는 새롭게
우리를 할퀴고 갈 것입니다.

하지만 어쩌면,
당신의 등 뒤에 아름다운 숲이 있을지도 모릅니다.
겨울 동안 차가운 땅에
당신도 모르는 새에 모였던 기운이
싹을 내고 나무를 키우고
꽃을 피웠을지도 모릅니다.
나무도 꽃도 소리를 내지 않으니까

쉽게 알아채기 힘들겠지만요.

너무 힘이 들 때는 등 뒤의 숲을 떠올려주세요.

저도 그렇게 하겠습니다.

꼬물꼬물 앞으로

그게 어떤 방향이든 나아가려는 당신께

제가 보낼 수 있는 가장 큰 사랑을 보냅니다.

2023년 봄

오지은 올림

그리고 여러 통의 편지들

친구 E에게

사랑하는 E에게. 나는 전주입니다. 지금은 오후 세 시, 빌 에반스를 듣고 있어요. 아침에는 드뷔시를 들었지요. 당신도 글을 쓸 때는 드뷔시를 틀어둔다고 했지요. 그래서 아침부터 당신 생각이 났나봐요.

오늘은 3일째예요. 이제야 정신이 듭니다. 첫날에는 비가 왔어요. 그리고 무서웠죠. 무서울 일 하나도 없는 전주의 번화가인데도 혼자 여행하는 사람 특유의 첫날의 쪼그라드는 마음이 있었어요. 당신이라면 이해해주리라 믿어요. 큰 가방을 조심히 끌고 전주역에서 바로 택시를 탔어요. 그리고 창밖도 잘 못 보고 택시 기사가 하는 말에 대충 추임새를 넣으며 숙소에 도착했어요. 그리고 쥐가 구멍에 들어가듯 숙소로 바로 들어갔지요. 방에 수상한 사람은 없나 확인하고(이상하게 그런 공포가 들어요) 환기를 하고 그제야 창밖을 빼꼼 보았어요. 하늘의 색을 확인했어요. 냉장고 안에 있던 생수를 들이켰어요. 침대에 살짝 누워보았고요. 가져온 화장품을 화장대에 늘어놓고서야 조금 내가 있을 곳처럼 느껴졌어요.

마음은 그런 주제에 또 맛있는 것은 먹고 싶어서 열심히 배달 앱을 뒤졌어요. 밥을 싹 비우고 파주에서 가져온 자두를 먹었어요. 세 개나요. 기분이 아주 좋았어요. 생각이 마구 뻗어나가서 급하게 메모를 했어요. 뭐든지 쓸 수 있을 것 같은 기분이 들었어요. 내일부터지만요.

여행을 하면 감각이 열리는 기분이 들어요. 많은 것들이 스며요. 아직 아무것도 실패하지 않았고 앞에는 수많은 가능성만이 있어요. 되돌아볼 일도 없고요. 돌이켜보면 전 깊이 가라앉아 있었던 것 같아요. 결과물을 만들지 못하고 있는 시간은 내가 너무 가치없게 느껴져요. 그리고 공포에 빠지죠. 이대로 영원히 아무것도 못 만들어내면 어쩌지. 그런 마이너스 에너지에 점점 깎여나가고 있는 저를 지켜보던 당신이 이렇게 충고해줬죠. 작은 도시에서 혼자 작업을 해보면 어떻겠냐고. 그 말을 들은 순간 막혀 있던 흐름을 바꿀 수 있을 것 같은 예감이 들었어요.

짐을 풀면서 또 당신을 떠올렸어요. 당신의 약간 느린 듯한 확실한, 군더더기 없는 움직임들. 전 정말 당신 생각을 자주하네요. 그 움직임으로 우리집 테이블과 옷방 그리고 책장을 몇번이고 정리해줬어요(정확히 말하면 절 지휘했죠!). 저는 사실 혼돈을 좋아해요. 부모님이 했던 창의성 교육 때문이라고 주장하고 있습니다. 어질러진 공간에서 창의력이 솟아난다는 이론을 접한 부모님이 어린 제가 방을 어지르는 걸 가만히 두고 보셨단 말이에요. 핑계입니다. 알고 있습니다.

그런데 혼돈이 나쁜 것만은 아니잖아요. 어차피 다시 어질러질 텐데 치우지 않는 쪽이 시간 절약 아닌가요? 당신이 들으면 흐음, 하고 잠시 말을 멈추겠네요. '바보 같은 소리 좀 하지 마'라는 말은 차마 하지 않고 그저 흐음, 하고. 하지만 당신이 제게 아주 조금씩, 스미듯 가르쳐주고 있다는 생각이 들어요. 정리하는 기쁨과 정리된 공간에서 사는 기쁨 같은 것. 옷장에 가져온 옷을 넣고 홍차와 녹차를 테이블 위 바구니 안에 넣었습니다. 주앙 질베르토의 음악을 틀어놓고요. 그리고 행복을 느꼈어요. 옷을 들고 한들한들 거실을 걸어다니는 행복을요. 정리에 시간을 낭비, 아니 투자하는 행복을요. 좋은 공간을 위해 시간을 보내는 행복을요. 저는 항상 이렇게 늦된 것 같아요. 다들 아는 것을 뒤늦게 알아채고 호들갑을 떨고요.

이 기분은 금방 사그라들고, 저는 이 공간을 엉망으로

만들고, 난 결국 이렇구나, 하고 풀이 죽을 수도 있어요. 그럼 당신은 특유의 말투로 이렇게 말하겠죠. "또 치우면 되죠." 그런 안정감을 저는 당신에게 얻습니다. 제게는 결국 모든 것이 실패를 향해 가고 있다는 망상이 있는데요. 그럴 때 항상 당신이 말해줍니다. "또 하면 되죠."

평범한 감사 편지가 되어버렸네요.

얼마전 찬장을 정리하고 나서 먼저 당신께 보여드리고 싶었습니다. 전 당신 옆에서 자라고 싶나봐요. 당신이 좋아하는 그 예쁜 식물들처럼요. 제가 너무 부담이 되지 말아야 할 텐데요. 빨리 이 편지를 당신께 띄우고 싶네요. 답장은 괜찮습니다.

가능한 사랑을 전부 담아

지은 올림

27세의 오지은 씨에게

안녕하세요. 반갑습니다.

41세의 오지은입니다.

저는 당신을 아는데

당신은 저를 모르겠네요.

제 기억엔 당신이 저를

많이 걱정했던 것으로 알고 있습니다.

먹고살 수는 있는지,

어디서 객사하지는 않을지,

사랑에 발목잡혀서 어떤 놈팡이랑

죽여살려하며 지내진 않을지 등등.

당신은 아마도

밥도 잘 안 먹고,

각종 자가면역질환에 시달리고,

천장을 보며 한숨을 쉬다가,

갑자기 기운이 나서 사람들을 만나고,

지나치게 큰 소리로 웃고 떠들다가,

돌아와서 그 두 배만큼 가라앉고,

그런 자신을 지긋지긋하게 생각하겠죠.

그리고 방구석에 쌓여 있는

1집이 담긴 박스 열 개를 보고

저걸 다 팔고 죽으면 소원이 없겠다,

하고 생각하고 있을 것입니다.

그걸 소원으로 써버리다니……

인생에 빌고 싶은 순간이 얼마나 많은데……

이미 일어난 일이니 후회는 그만하고

당신의 미래에 대해 알려주겠습니다.

나쁜 얘기부터 할까요?

당신은 앞으로

끔찍한 사람을 꽤 만날 것입니다.

그리고 당신 자신에 대해,

그리고 당신의 음악에 대해

끔찍한 말을 듣게 될 것입니다.

그리고 슬프게도 가끔은

당신이 누군가에게

끔찍한 사람이 되기도 할 것입니다.

누군가에게 마음을 주고

그만큼 돌려받지 못하는 것을

이해하지 못하고 비관하기도 할 것입니다.

이 또한 같습니다.

당신도 누군가를 비관시키겠죠.

이제 좋은 얘기!

당신은 멋진 장소에 많이 가게 됩니다.

아주 느린 기차를 타고 홋카이도를 일주하기도 하고

핀란드 북쪽 마을에서 오로라를 기다리기도 합니다.

못 봅니다만……

당신은 사랑하는 친구와 멀어지기도 하지만

새로이 사랑하는 친구가 생기기도 합니다.

인연이 얼마나 허약한지 알게 된 순간

소중하다는 것도 깨닫게 되니

이 또한 좋은 일 카테고리에 들어갑니다.

조금 더 해볼까요.

당신은 아주 따끈하고 보드라운 강아지,
그리고 심지어 더 보드라운 고양이,
그리고 저 둘만큼 감촉이 보드랍진 않지만
따뜻한 사람과 함께 살게 됩니다.
많은 일을 거쳐 훌륭한 동료들을 만나게 됩니다.
그러니 너무 상심하지 마세요.

그리고 가장 놀라운 부분은 여기입니다.

당신의 작업을 좋아하는 사람들이 생깁니다.
게다가, 당신의 노래와 글이 가끔
누군가의 인생의 작은 조각이 되기도 합니다.
참 놀랍고 멋진 일이죠.

하지만 그런 일이 생겨도
스스로가 모래사장처럼 느껴져서,
눈앞에 보이는 막막한 검은 바다와,
버석거리는 황량한 모래밭과,

무언가 차오른다 싶다가도
금세 빠져버리는 파도에,
지쳤다, 하고 생각할 때가 있을 것입니다.

하지만 지은 씨.
대부분의 시간을 까먹는다 해도
가끔은 꼭 떠올려주세요.

누구가는 이 볼품없는 해변에 오기 위해
다섯 시간을 운전했을지도 모른다는 것,
저 사람이 지금 주운 조개껍질이
오랫동안 그의 침대 머리맡에
놓여 있을지도 모른다는 것.

지은 씨는 천성이 삐뚤어져서
어차피 다음 대청소에 버릴 거잖아요,
하고 말할지도 모릅니다. (으휴)
그런 지은 씨도 대청소를 할 때는

소중했던 것들을

처분하지 않습니까!

저는 당신이 꿈꾸던 것과는 조금 다른,

별로 산뜻하지도 않고,

미련이 많은 어른이 되었습니다.

남에게 충고도 잘 하지 못합니다.

그런 어른이지만 딱 하나,

당신께 당부하고 싶은 것이 있습니다.

그것은

당신은 틀리지 않았다는 것입니다.

당신의 어리석은 말과 행동을 모두 포함하여

당신은 틀리지 않았습니다.

완벽하지 않은 것과 틀린 것은 다른 일입니다.

바보들의 헛소리에 너무 꺾이지 마세요.

인간에게는 한계가 있으니 너무 무리하지 마세요.

수상하다 싶으면 빨리 병원에 가세요.

아, 지구에 역병이 돌게 되니

최대한 여행을 많이 가두시길 바랍니다.

말이 길어지네요.

밤 너무 새지 말고.

아니 그냥 마음대로 하세요.

끝맺음을 못하는 41세가 되어버린

미래의 오지은 올림

마리앤에게

안녕하세요.

당신의 에어비앤비에서 3주를 보낸 오지은입니다.

오늘은 체크아웃 날입니다.

오전 내내 청소를 했는데

모자란 부분이 있을까 걱정이 됩니다.

저는 아주 잘 지냈습니다.

당신이 거실에 둔 그 커다랗고 오래된 테이블에서

밥을 먹고, 드라마를 보고, 수첩에 메모를 하고,

창밖에 날아다니는 갈매기를 보곤 했는데

(그 시끄러운 무법자들!)

마지막으로 하는 일은

당신께 편지를 쓰는 것이네요.

당신의 집에서 보낸 3주가

얼마나 특별한 시간이었는지

제가 열심히 말해도 당신은 반만 믿고 반은 믿지 않겠죠.

왜냐면 여행자들은 과장을 잘 하잖아요.

꼭 다시 올 거예요! 또 만나요! 하고

영원히 연락하지 않는 대책 없는 낭만주의자들.

하지만 말이죠,

당신 부엌의 타일을 맨발로 밟을 때,

간소하고 낡았지만 사용하기 좋은 주방 도구들을 만질 때,

깔끔한 선반과는 다르게 온갖 차와 커피가루와 양념으로
가득찬 찬장을 보았을 때 (그리고 급히 구겨 넣었을 당신의
모습을 떠올렸을 때)
가스 불을 꼭 끄고 나가라는 당신의 메모를 볼 때,
당신이 추천한 빵가게에서 시나몬롤을 사와서
당신의 프렌치프레스에 커피를 내려서 먹을 때,
무엇보다 당신의 거실 나무 바닥에 누워
헬싱키의 백야, 해가 지지 않는 하얀 밤하늘을 볼 때,
당신의 침대에 누워 당신이 고심해서 골랐을 커튼을 볼 때,
그 커튼이 바람에 살랑 하고 흔들릴 때,
당신이 이 집을 내게 빌려준 것이 내게 얼마나 행운인지
생각하고 또 생각했습니다.

살다보면 누군가의 충고를 들을 때가 있습니다.
저도 가끔 할 때가 있습니다.
하지만 마리앤, 당신도 알다시피 충고라는 것은
허공에 흩어지는 것이잖아요.
정말로 그 사람의 마음에 닿아 빛을 밝히는 건

흔치 않은 일이라고 생각합니다.
그런데 당신의 커튼과 낡은 테이블, 부엌 타일과
오래 사용한 흔적이 있는 두껍고 아름다운 접시,
그 아름다운 책장에 놓여 있던 조개껍질,
LP와 보석함,
이유는 몰라도 당신의 소중한 순간과
이어져 있겠구나 싶은 물건들을 볼 때
언어 이상의 말을 들었습니다.

당신은 이 집에서 언제부터 살기 시작했을까요.
이 물건들과 언제 어떻게 만났을까요.
저 아름다운 커튼을 맞춘 곳은 어디일까요.
무엇을 버리기로 정하고 무엇을 남기기로 했을까요.
당신의 긴 시간의 고민이
이 집의 공기를 만들었다고 생각합니다.
그 공기가 너무 소중해서 한껏 들이마셨습니다.

사람이 변한다는 말은 잘 믿지 않지만

당신의 집이, 선반이, 책장이
제게 해준 말이 아직 남아 있는지
저는 한국에 돌아와서 물건을 사지 않았습니다.
어쩌면 정말로 조금 변했을지도 모르겠습니다.

당신은 헤어지며 말했습니다.
다음에는 내 시골집으로 와요.
거긴 공짜예요.
2층에서 얼마든지 글을 쓰고 가요.
호수에 가고, 강아지랑 놀아요.

아, 마리앤.
어쩌자고 제게 그런 말을 하셨어요.
저는 그저 당신의 집에 한 번 머문
흔한 에어비앤비 이용객인 걸요.
마리앤 당신이 더 잘 알고 있을 텐데요.
하지만 당신은 그런 사람인 것이죠.
그런 말을 하는 사람.

언젠가 운이 아주 좋아
제 인생의 방향과
당신 인생의 방향이 잠시 맞아
마리앤, 당신을 어디선가 다시
만날 수 있다면 정말 좋겠습니다.

다음에 만나면 질문을 많이 하고 싶어요.
너무 제 얘기만 많이 했죠.
당신의 다큐멘터리 작업이 궁금합니다.
당신의 커다란 강아지의 성격이 궁금합니다.
당신의 통나무집이 궁금합니다.
당신이 사고 싶어하던 작은 배가 궁금합니다.
당신의 손주가 얼마나 자랐는지 궁금합니다.
손주 이야기를 하던 당신의 눈은 별 같았습니다.

당신이 충만하고 행복한 시간을 보내고 있기를
진심으로 기원합니다.

한국에서

오지은 올림

몸에 대해 생각하는 당신께

오늘 당신께 편지를 쓰기 위해 작업실에 왔습니다. 집에서 차가운 아메리카노를 만들어서 텀블러에 담고 그걸 또 텀블러 가방에 담아 달랑달랑 들고 출근을 했지요. 저는 텀블러 가방이라는 존재가 참 좋아요. 가방 주제에 다른 쓸모가 아무것도 없는, 텀블러만을 위해 존재한다는 점이 귀엽고, 의외로 유능해서 텀블러 가방에 텀블러를 담으면

음료가 넘치지 않는다는 점도 기특합니다.

날이 더웠는데 바람은 어딘가 시원했던 걸 보면 가을이 오나 봅니다. 작업실에 가는 길에 있는 꽃집에 들러 꽃을 몇 송이 사고 싶었지만 일요일인 오늘은 문을 닫았더라구요. 강아지 흑당이가 절 데려다 주었습니다. 엄마와 함께 작업실에 가겠다고 고집을 피우는 흑당이를 달래고 혼자 올라와서 환기를 한 다음 에어컨을 틀었지요.

작업실에 오면 제일 먼저 식물들을 봅니다. 흙에 곰팡이가 핀 모습을 보고 놀라서 친구에게 물어보니 아-무 문제가 없다고 했습니다. 식물의 세계는 생각보다 강인하다면서요. 일일이 놀라는 것은 인간입니다. 음악을 틀고 책상에 앉았습니다.

새삼 궁금합니다. 당신은 요즘 어떻게 지내시나요.
무슨 생각을 가장 많이 하며 지내시나요.

저는 얼마 전 공연을 했습니다. 공연을 준비하면 음악 생각을 많이 해야 하지만 이상하게도 매번 음악과 관계없는 것에 대해 생각합니다. 그건 바로 제 몸입니다. 어쩌면 당연할지도 모르겠습니다. 평소에는 하루에 거울을 한 번도 안 보고 지낼 수 있지만 무대에 선다고 생각하면 새삼 '보여지는 나'를 의식하게 됩니다. 그리고 정신 차려보면 오랜 늪 속에 들어가 있습니다. 늪 속에 들어가면 계속 이 생각을 반복합니다.

나는 살이 쪘다.
살이 찐 나를 사람들이 싫어할 것이다.
그리고 결국은 내 결과물도 싫어할 것이다.

이 늪의 슬픈 점은 일리가 있다는 것입니다.

머리로는 압니다. 그렇게 생각할 필요가 없다는 것을. 하지만 본능적으로 더 크게 압니다. 사람들이 기를 쓰고 살을 빼고 몸무게를 유지하는 데는 큰 이유가 있다는 것을. '말랐다'는 말이 무대에 오르는 사람들에게 어떻게 적용되는지, 그걸 지키지 않은 뮤지션은 어떤 말을 듣는지 알고 싶지 않지만 알고 있습니다. 하다못해 무대와 관계없이 사는 사람들도 식이 제한을 흔하게 하는 세상입니다.

저는 지금 67킬로그램입니다. 지내기에 편해서 좋은 몸무게라고 생각합니다. 1집을 낼 때와 비교하면 20킬로그램이 늘어난 것이긴 합니다. 그나저나 67이라는 숫자는 누군가에게 '웃기고 있네. 나는 67만 되어도 소원이 없겠다'일지도 모르고 누군가에게는 '67이 되느니 죽는 게 나아'일지도 모르겠어요.

대부분의 시간 저는 지금의 제가 좋습니다. 스스로가 다부지고 땅땅하고 동그랗게 느껴지기 때문입니다. 가끔 귀엽다는 생각마저도 듭니다. 하지만 공연을 할 때가 되면 찐득하고 퀴퀴한 늪이 다시 나타납니다.

웃기지 마.

사람들이 좋아하는 예민한 이미지의 너는 이제 없어.

너는 둔해 보일 거야.

그런 사람이 쓰는 글이나 음악이 매력적일까?

다른 사람은 바보라서 그 고생스러운 다이어트를 할까?

네 생각이랑 상관없이 세상은 그렇게 돌아가고 있어.

편견이 얼마나 강한지 알면서.

사람들이 얼마나 빨리 누군가를 규정짓는지 알면서.

네가 스스로에게 만족해도

세상이 그걸 단숨에 의미 없게 만들 수 있다는 걸 알면서.

저는 늪의 저주의 시작점을 압니다. 그건 어린 시절의 저입니다. 뼈다귀밖에 없다는 빈정거림을 들으면서 컸지만 그 말이 부러움에서 나왔다는 것을 알았기 때문에 괜찮았습니다. 그 중학생은 45킬로그램이 넘으면 지구가 멈추는 줄 알았지요. 그 건방진 꼬마가 했던 가장 끔찍한 말은 이것입니다. "뮤지션은 살 찌면 끝 아냐?" 그 꼬마가 남긴 저주의 주문은 어른이 되어 더 커졌습니다. 허벅지 모양, 팔뚝의 선, 쇄골, 허리 등 몸에 대해 세세한 칭찬을 받을 때 오히려 더 커졌습니다. 이게 칭찬의 대상이 되는구나. 그럼 이걸 잃는다면? 그땐 어떻게 되지?

현재의 저는 뮤지션은 살이 찌면 끝이라는 생각은 털끝만큼도 하지 않습니다. 그냥 음악을 내려놓았을 때, 자신이 문을 닫고 나갔을 때가 끝이지요. 그 또한 영원한 끝이 아닐 수도 있고요. 하지만 꼬마가 했던 어리석은 말의 죗값은 아직도 가끔 치르고 있습니다.

최근에 덧글이 달렸습니다. "살을 조금만 더 빼시면 예쁠 것 같아요." 맞아요. 그럼 세상의 기준에 더 맞는 내 모습이 될 테고, 어쩌면 보이지 않는 곳에서 이득을 볼지도 모르겠어요. 하지만 저는 마음속으로 '괜찮습니다'라고 생각했습니다. "보여지는 직업을 가진 사람인데 프로 의식이 부족하다"는 말을 본 적도 있습니다. 그 말은 틀렸다고 생각합니다. 제 프로 의식은 부족하지 않습니다. 저는 읽히는 일, 들려주는 일을 하는 사람입니다. 그 일을 제대로 하기 위해 많은 노력을 합니다. 그게 세상이 원하는 체중이 되는 쪽은 아닙니다.

저는 이제 허상에 겁먹지 않으려고 합니다. 허상이 아무리 크게 보여도 잡아먹히지 않을 것입니다. 허상이니까. 이렇게 생각하기까지 눈앞에 존재하는 분명한 사랑이 계속 제 등을 받쳐주었습니다. 우리 진짜 즐거운 길로 가보자. 우리가 진짜 행복한 길로 가보자. 건강한 길로 가보자. 우리가 서로를 볼 때 숫자로 보지 않으니까. 저는 그것이 페미니즘이라고 생각합니다.

노래를 더 잘하기 위해 심폐 운동을 해보고 싶습니다. 달리기가 그렇게 좋다던데요. 일단 러닝화와 바람막이 재킷을 사뒀고요(아직 하지는 않았고). 아, 오래 글을 쓰기 위해 코어 근육을 단련하고 있습니다. 맨날 하기 싫다고 낙지처럼 늘어지고 있지만 그래도 여튼 꼬박꼬박 하고 있습니다. 요가, 스트레칭, 필라테스 등 할 수 있는 것은 전부 합니다. (자주는 아니지만요) 이러다 보면 어느새 그 꼬마가 입을 다물지 않을까요. 늪이 메워지지 않을까요.

당신의 늪을 메우는 데 이 편지가
한 줌이라도 도움이 되길 바라며.

페미니즘은 사람을
더 행복하게 만들어주는 것이라고 생각하는
오지은 올림

죽음을 생각하는 당신께

안녕하세요.

아마 안녕하지 못할 당신께

'안녕하세요'라고 인사를 하니

본인이 모순된 사람처럼 느껴집니다.

잠은 잘 자고 있나요.

물은 잘 마시고 있나요.

약은 잘 챙겨 먹나요.

생활을 할 수 있나요.

먹고 싶은 것은 있나요.

전부 '아니요'

라고 대답할지도 모르겠네요.

저는 지금 새벽에 일어나서

당신께 편지를 쓰고 있습니다.

새벽에는 모든 것이 기분좋게 가라앉아 있어요.

먹색으로 감기는 기분이에요.

세상은 또렷하게 느껴집니다.

시력이 좋아진 사람처럼요.

태양빛은 너무 강해서 가끔 많은 것을 가리잖아요.

빛이 주는 흥은 저를 그늘에 숨게 만듭니다.

하지만 새벽엔 그렇지 않으니까요.

모두가 같은 곳에 있고 모두가 철저히 혼자예요.

저는 편안함을 느낍니다.

요즘 소식을 많이 들어요.

사람들이 하늘나라에 가는 소식입니다.

잘못된 말이네요. 요즘이 아니지요.

계속 들어왔어요.

어떤 사람은 하늘에서 데려갔고

어떤 사람은 하늘로 날아갔어요.

트위터 계정을 하나 만든 적이 있습니다.

죽고 싶다는 생각이 자꾸 드는데 말할 곳이 없었어요.

가까운 사람들에게 말하면 그들의 마음이 무거워질 테고

그건 저도 원하는 것이 아니고,

게다가 바뀌는 것도 없고

그래서 울컥 하고 올라올 때마다

아무도 모르는 그 계정에

죽고 싶다,

하고 적곤 했어요.

어느 날은 아무리 써도 등록이 안 되는 거예요.

같은 말을 너무 많이 적으면

스팸으로 처리된다는 것을 그때 처음 알았습니다.

웃음이 났어요.

이 생각은 스팸이구나.

이렇든 저렇든 상관없었지만요.

뿌연 기억입니다.

당신은 어쩌면 솔루션을 기대하고

이 메일을 열었을지도 모르겠어요.

제게는 솔루션이 없어요. 미안합니다.

다 괜찮아진다는 말도 못하겠습니다.

세상은 점점 더 빠르게 돌아가고

누워 있는 사람에게 자비롭지 않습니다.

하지만 별 뾰족한 수가 없는 이런 사람이
오늘 낮에 했던 생각을
당신께 얘기해봐도 될까요.
당신이 들어주신다면.

제 마음과 상관없이
바깥세상에는 또 봄이 왔습니다.
얼마 전에 꽃이 핀 모습을 보았는데
오늘 보니까 벌써 져서
꽃잎이 바닥에 떨어져 있었습니다.
그게 슬프고 서러워서 친구에게 말했더니
그가 이렇게 답했습니다.

괜찮아, 다음 계절의 꽃이 또 피니까.

고작 꽃 한 송이로
당신에게 살라고 말하는 것은 아닙니다.
단지 당신이 아주 긴 터널 안에 있을 때

그리고 겨우 빠져나왔다고 생각하자마자
또 다음 터널이 시작될 때
그래서 이제 그만하자, 하는 생각을 하고 있다면

잠깐 보이는 빛 따위,
금방 져버릴 꽃 따위,
하고 생각하고 있다면

그 터널의 시간 동안에 가끔

따뜻한 사람들과 깔깔 웃는 시간,
온전한 모습으로 사랑받는 시간,
바보 같은 농담이 통하는 시간,
혼자 걷는 것이 좋다고 느끼는 시간,
한 음악을 반복할수록
그 음악이 더 좋아지는 시간,

그런 시간이 제 인생에 있길 바라듯

당신의 인생에도 있기를
진심으로 바랍니다.

빛은 점처럼 깜빡입니다.
사라질 듯 깜빡이지만
결코 끊기지 않습니다.
단지 그것뿐입니다.

마지막으로 옛날 음악을 하나 추천합니다.
피시만즈라는 팀의
〈나이트 크루징〉이라는 노래가 있습니다.
마지막 가사를 제 마음대로 번역하자면 이렇습니다.

창문을 열어두자.
좋은 일이 들려올 거야.

행운을 빕니다
오지은 올림

본문 인용도서

《지적 생활의 즐거움》(필립 길버트 해머튼 저 | 김욱 역 | 리수 | 2015)
《실비아 플라스의 일기》(실비아 플라스 저 | 김선형 역 | 문예출판사 | 2004)
《못 가본 길이 더 아름답다》(박완서 저 | 현대문학 | 2010)
《쑥스러운 고백》(박완서 저 | 문학동네 | 2015)